诗
想
者

HI POEM

留一座村庄
让我们继续相爱

Liu Yizuo Cunzhuang
Rang Women Jixu
Xiang'ai

包 苞 ◎ 著

GUANGXI NORMAL UNIVERSITY PRESS
广西师范大学出版社
· 桂林 ·

图书在版编目（CIP）数据

留一座村庄让我们继续相爱 / 包苞著. —桂林：广西
师范大学出版社，2019.4
ISBN 978-7-5598-1674-0

Ⅰ．①留… Ⅱ．①包… Ⅲ．①诗集－中国－当代
Ⅳ．①I227

中国版本图书馆 CIP 数据核字（2019）第 045713 号

广西师范大学出版社出版发行

（ 广西桂林市五里店路 9 号　邮政编码：541004 ）
网址：http://www.bbtpress.com
出版人：张艺兵
全国新华书店经销
桂林日报印刷厂印刷
（ 广西桂林市八桂路 1 号　邮政编码：541001 ）
开本：889 mm × 1 194 mm　1/32
印张：8　　字数：180 千字
2019 年 4 月第 1 版　　2019 年 4 月第 1 次印刷
定价：45.00 元

如发现印装质量问题，影响阅读，请与出版社发行部门联系调换。

目　录

第一辑　留一座村庄让我们继续相爱

第二辑　遇　见

第三辑　　我把落日埋在了心上

第一辑

留一座村庄让我们继续相爱

新 房

新起的房子瓷砖罩面，门窗防盗
阳光下，闪着恍惚的光芒

这原是生产队的果园旧址，长满过樱桃树
只因为吊死过人
满树的樱桃就都烂在了树上
风一吹，红红的樱桃落入没顶的荒草
空气中，缠绕着一种幽昧的气息

年轻的新郎并不知道这久远的往事
更不知道，那为了一个至死都没有说出的男人
而用一根草绳结束了自己一生的女人他该叫太婆婆

新起的房子即将迎来美丽的新娘
大分贝的流行歌曲中人来人往
今天，在新起的房子里赴宴的人没有一个是来怀旧的

我写下这些时，每一粒汉字都有着樱桃腐烂的气息
而此刻，新房中的新郎
正拥着新娘

2014.1.6

唢呐匠

唢呐匠是民间乐师，属于凭手艺吃饭的艺人
俗话说"艺人生得穷，非请不上门"
唢呐匠就是我们请来锦上添花的人
唢呐匠也是我们请来给伤口上撒盐的人

白毛巾搭上手臂，唢呐匠就是亡者的引魂幡
红毛巾搭上手臂，唢呐就是村庄欢快的花轿

这个无师自通的人，总是沉浸在别人的喜忧之中
倾听让他的心柔软似水，倾听也让他的心坚硬如铁

给一村的婚丧嫁娶吹了一辈子不要利市的唢呐
最后的一支曲子，却吹给了自己离家出走的妻子
当一场无名的大火将他从黑夜带走
灰烬中，人们只找到了那支变形了的唢呐

阳光照过来，变了形的唢呐上闪耀着刺眼的光芒
好像是唢呐匠在为自己吹响……

2014.3.15

打腊花

"腊月八，打腊花。"
打腊花，就是把结了冰的河面敲碎
将一块块洁白的冰块搬回家

这是每年腊月八要干的事
寒冷中的人们肢解一条冰封的河流
像肢解寒冷本身，把温暖的记忆带回家

搬回家的冰块，放置在落光了叶子的树杈间
放置在院墙一角的花园里，等待春天来临

一块块洁白的冰块被我们搬运着
像一群蚂蚁在严寒封锁的大地上搬运温暖和光芒
阳光照过来，温暖就顺着树枝流下来
流下来，流进我们期待春天的心里

"腊月八，打腊花。"
这场景已经多年不见
但每年腊月八，我都会在心上打一次腊花

解救一条被寒冷封锁的河流

温暖的光芒，就会再一次照亮我怕冷的心

2014.1.10

送灶爷

"张王李赵，二十三祭灶。"
我们是贫穷的杂姓人
送灶爷，就得晚上一天

腊月二十四的晚上
我们焦急地等待父亲从暮色中归来
等他将买回来的祭灶糖恭敬地放置在灶台上
等他双膝跪地，点燃黄蜡裱纸
口中默念"上天言好事，下凡降吉祥"

那一刻，我幼小的心深信吃了灶糖的灶王爷
已经骑着袅娜的香火绝尘而去
那一刻我深信，在去往天堂的路上
一定挤满了衣衫褴褛的灶王爷

我并不担心新年返家的灶王爷
是否带来了五谷丰登牛羊满圈
我只求他快些上路
好把吃剩的灶糖留给我

那一刻，我激动的心

充满了作为一个贫穷的杂姓人的甜蜜

2014.1.10

杀年猪

年猪的最后一槽食，总是妈妈亲自去喂
她一边抚摸年猪肥硕的脊梁一边念叨
"吃饱，吃饱，吃饱了好上路。"

当满脸胡须的屠夫大叔将年猪按倒在门板上
年猪绝望的叫声像在喊上当

猪屁股和猪大肠，外加一练*项圈上的肥肉
就是屠夫的报酬
赶在他把热气腾腾的年猪分割成一绺一绺的小练
猪血馍馍炒肉片要先出锅
年猪的第一口肉，都是屠夫们来享用

其实，杀一口年猪
主家留不了多少
大多数肥肉是要分送给没有年猪的街坊
杀年猪，是一个村子的喜
主家留下的是荣耀

童年的记忆里，杀年猪最大的诱惑不是吃肉

而是屠夫吹胀的猪尿脬
散发着尿骚味的猪尿脬
可以让我们把喜悦抛得更高

如今杀年猪，已经没有人来围观
落寞的屠夫一手执刀一边大骂
"贪吃的家伙，你以为肥了就是便宜？！"
这话，好像并不是在骂年猪

而屠夫们，终究要在死去时红布裹手
这样，见了阎王，他就会说
"我杀生害命，已经自断双臂。"

2014.1.11

*当地为秦文化的发祥之地，在秦方言中，"绺"多指丝线
状的东西，而"练"指相对狭长的东西。

剪窗花

房子是红的
房子上的公鸡也是红的

牡丹是红的
牡丹上的蝴蝶也是红的

梅花是红的
梅花上的喜鹊也是红的

孩子是红的
孩子身边的猪狗牛羊也是红的

绣球是红的
绣球两边的狮子也是红的

唯有窗格是白的
雪一样的白
云一样的白

晨光一照

他们就都活过来

活过来的
还有一把剪刀
一双手

活过来的
还有一方热炕
一盏油灯

并不是所有的冬天都寒冷
并不是所有的夜晚都是黑的

剪刀也是眼睛
他把寒冷藏着的
——唤醒

2014.1.12

糊老墙

麦衣的泥墙有阳光和春雨的味道
经过漫长的雨季，总有小小的麦芽钻出墙来
清贫的日子，似乎连泥土都会陷入回忆
油灯大的光芒下，我们期盼有一面更光亮的墙

经过漫长等待的喜悦是否是喜悦的双倍？
当我们终于要用废旧的报纸来糊一面墙
日子，在刹那间有了异样的光芒

面粉熬制的糨糊要加盐
这样糊上的报纸才不会开裂
至于如何在那些官样文章中挑选出喜庆吉祥
则是读书人的事
小孩子只要按照吩咐刷上糨糊，再小心捧送上去
笤帚过处，日子就有了全新的模样

屋子的顶棚至少要糊两遍
太单薄的顶棚会被老鼠踏破
而大人们习惯于把顶棚叫作"仰尘"
这样的名字有着诗人的奇思妙想

一间用报纸糊了四壁和顶棚的屋子
似乎给了清贫的日子飞翔的翅膀
站着躺着都有赏阅不尽的喜悦
就连睡去，梦，也会被那淡淡的墨香
扶到更高更远的地方

一年的烟火，也许会让墙上的字迹渐渐模糊
但我们的喜悦从此不会褪色
而一间报纸糊过的屋子，会让我们把一种期许
随着年的临近，深深地植入未来

2014.1.21

一只羊，在星光下独自走向死亡

某年中秋节前的傍晚
父亲从邻村牧羊人的家里购买了一只羊
这是从我记事以来，父亲为过节花得最多的一次钱
暮色中，父亲有些炫耀地将钱数给牧羊人
又将拴羊的绳子递给我

走出村子时，回家的小路几乎快要被夜色完全吞没
我凭着渐次亮起的星光前行
内心对黑夜的恐惧又被手里牵着的窃喜掩盖

年轻的父亲骑着单车也许早就到了家
而我和那只即将走向死亡的羊儿
还要穿过一条闪着幽光的河流。
站在落满星辰的河边，羊儿低下头去饮水
我牵着绳子停下来，回头望了一眼正在饮水的羊儿
它正眼含泪水，深情地望着水里的星空发呆
我的内心忽然有了莫名的伤感

我忽然觉着，手里的绳索万般沉重
我忽然觉着，在这星光照亮的人世上

有太多的事物，比一口鲜美的羊肉更加重要

我在落满了星辰的河边蹲下身子
解开拴着羊儿的绳索
我搂着它温软的脖子告诉它
"你走吧，你走吧，我会告诉父亲是我的错。"
说完，我涉水过河，独自回了家

当我在月光中推开院门，将要向父亲认错
那只羊儿，忽然从我身后的夜色里走了出来
低头径自向院子里站着的父亲走去
那一刻，流了一院的月光，有些惨白，有些寒凉……

2014.6.6

曼陀罗

曼陀罗，全株有毒。含莨菪碱，有镇痉、镇静、镇痛、麻醉
的功能。过量可致幻，严重会导致死亡。

——题记

"活着，就是一切！"
曼陀罗，为此总是选择僻背的角落安身
躲避人类的追杀。默默地
开白色的花，也开淡紫色的
秋来，结出满身长刺的"山核桃"
太阳下，"啪"的一声
黑珍珠样的籽粒洒满大地

可是，曼陀罗不会遮掩自己难闻得有些令人
作呕的气味，也不会掩藏
它有毒的本性。它旺盛的生长能力
让守护庄稼的人极为恼火

我见过父亲用镰刀砍伐生长在地头的曼陀罗时
满口的恶言和脖颈上暴起的血管
他甚至诅咒它们万劫不复

我一度曾认为曼陀罗就是生长在角落里的巫婆
吸食人的骨髓，摄取人的魂魄
半夜里，还会悄悄地化作骨瘦如柴的老巫婆，越墙
　　入户……

可是，在一次饥饿的唆使下，我偷偷吸食过
曼陀罗狭长的花管
只要屏住呼吸，就能品尝到淡淡的甜
此后，我一直将这一秘密深藏心底
即使是隔壁邻居家的二丫偷偷告诉我，"山核桃"的籽
吃了可以看见她死去的妈妈
我也没有告诉她

我不用冒险去吃遭到父亲诅咒的山核桃的籽粒
也不用靠冒险去见自己的妈妈
我不像隔壁的二丫，没有了妈妈，还老挨自己父亲
　　的打
我只是太饿了，才偷偷吸食几口曼陀罗狭长的花管

其实，我也动过尝尝"山核桃"的心思

只是二丫死得太突然
那天下午，父亲急匆匆跑回家告诉我们
说隔壁的二丫死了，是吃了"山核桃"中毒死的。
父亲还抱怨，可怜的孩子，怎么会吃那种东西
那有多难闻啊！

我并没有告诉父亲二丫告诉我的秘密
我也断了想要尝尝"山核桃"的心思
直到二丫死后的某一天，我对着一株灿烂的曼陀罗
　花说：
"二丫，其实曼陀罗的花管是甜的
你只要忍住它难闻的气味吸食就行。"

2014.11.5

回家的路上和友人谈毛驴

毛驴是穷日子里的家眷
土地上的主人
也是我童年养过的宠物

刚出生的小毛驴天生就知道害羞
我拿崖畔畔上的草草喂它
拿捡回来的谷穗喂它
拿我仅有的白面馍馍偷偷喂它
它就伸出暖暖的嘴唇亲我
抵来毛茸茸的脑袋蹭我

毛驴很少撒欢，从小，母亲就会教它
如何低下头去吃草
抬起头来想心事
母亲也会告诫小毛驴，没事了
不要去招惹小叫驴

像风一样奔跑的是小马驹
像洪水一样决堤的是牛群
像闪电的是撵兔子的狗

只有小毛驴，站在山坡上，娴静地
看着大地上发生的一切而一声不吭

每天放学回家，站在庄边上喊一声
小毛驴就会箭一样飞过来
亲我的手，用脑袋蹭我
而见了它的人，则会说，这疯疯癫癫的
不像一头驴

毛驴就应该有个毛驴的样子
毛驴大了，就要笼头
笼了头的毛驴，把自己的内心藏起来
就像小小年纪就定了亲的
丫头，看不见的东西会让它娴静下来
冷不丁的鞭子它要甘心接受

每次望着低头远去的小毛驴
我的心中也就多了一丝成长的忧伤和哀愁
似乎羁绊着它的东西
也在俯视着我的人生

后来，家里的地没了
毛驴就送给了姨家喂养
再后来，姨家也没地了
毛驴就卖到了肉联厂……
肉联厂开业的日子里，和我一起放过驴的小姐妹
一个个都去了远方的城市
我真不知道，她们现在在那里过得怎么样

2015.1.22

山峰上

不停的风
吹着
不多的鸟
飞过
无边的虚空
包围着

再一次，我被远方引诱
陷入
更辽阔的孤独

白云的上面有一把椅子
好久了
没有人去坐

2015.2.16

山　梁 *

堡子的城荒了
风，就拆它的墙
荒草，就占领它的窑洞

头顶的天空
蓝得没边没沿
在人间抬头
看见大海
就垂挂在堡墙的豁口

鹰在堡墙上发呆
好久了
还没有离去

衰草里的狐兔
总对头顶的天空心怀戒备
其实，太多的时间，鹰
都在饿着

有人曾在深夜看见

夜空里

红红的灯笼

落在山梁上的堡子里

这事情没有人能说清楚

而那只堡墙上发呆的鹰

在我眺望时

耸身远去

也似乎，就带走了我的心

2015.2.16

*西北的山梁上，多筑有城堡，均为当地村民躲避兵匪战乱所筑。现大都颓圮。

我从山野采回了草莓

在背阴的山坡上，草莓和野草
混杂在一起
没有一个枝条是要它们来依附的

紧贴着地面，享受早晨的阳光
也握紧每一粒闪光的露珠
对于谦卑的生命来说，除了自己的
内心，没有什么灾难可以致命

没有向上的欲望，也就不惧风暴
连着枝叶的细藤像血脉
防止了草莓在人世上走失

草莓是自由的孩子，它宁可让野鸟
带走自己的果实

我来到山坡上，勿忘我、婆婆丁、紫云英
风铃草、毛茛花正开得一塌糊涂
我第一次俯下身来向它们搭讪
它们娇美的容颜，让我

比一面山坡还摇晃得厉害

而草丛里的草莓，已经过了花期
布满细孔的果实像小小的雪珠，散落在大地上
这繁华的人间啊，一派宁静
只有风，在吹送天堂的味道

2015.5.28

播　种

黑色的鸦群
再一次飞临收割后的田地
它们紧跟突突响的旋耕机
在新翻的泥土中
寻找那些活命的东西

它们跳跃着，不时叫几声
初秋的阳光中
风吹动它们乌黑的羽毛

庄稼已经收割，大地空旷而疲倦。
可这毕竟是一片充满生机的土地
阳光每一次照耀，都像是灌溉

而这一群风中飞翔的乌鸦
更像一把情欲的种子
它们起飞、降落，轻轻尖叫
在大地隐秘的心上
进行一场盛大的播种……

2015.9.5

牧羊人

蓝天下，孤独的牧羊人
牵着羊走下山冈
去年，他还有一个庞大的羊群
今年，就只剩下一只

开过花的草，已经开始衰败
黄色的树叶，也像树木的白发越来越多
山梁上的天很蓝，也很空旷
似乎除了秋风，就只有这个
老得直不起腰的牧羊人
以及和他相依为命的羊了

他将手中的绳子放长
由着羊的性子
曾经打折过狼腿的鞭子
如今，已经成了须臾不离的拐杖

他由着羊的性子，在秋风中慢慢走着
或者停下来朝远方望上一阵

吃草的羊只并不知道，他望着远方的眼中
已经没有了泪水

2015.9.6

信号塔

再一次，望着山梁上的信号塔发呆
这冰冷、突兀的东西
占尽了好风水

曾是眺望远方的地方，现在
似乎在用一架钢铁，构建虚无
"如果是一架木梯，斜搭在
明月的窗口"
我真为自己的想象暗自神伤
可矗立在空旷天空的铁塔
连鸟，也不会停下来一只

我的手机也会偶然响起
不多的几个朋友，以及妻子
会以这种方式提醒我秋天了
可我似乎不会在意，这种温暖的消息
也来自于那架冰冷的铁塔

立秋前，去了乡下
见到满嘴只有一颗牙的财寿叔脸贴着手机

对自己在外打工的女儿面如菊花
我才想起，老家风光险峻的山头
几乎全被削平，架起了突兀的铁塔

我不会像财寿叔一样，空了
就去铁塔下独坐。似乎依着冰冷的铁塔
就是依着他只会在手机里出现的女儿
可我也会望着高大、突兀、冰冷的铁塔
生出无限伤感，正如这无处不在的铁塔
早已抢占、分割、主宰了一切
而我全然无知

2015.9.8

夜　雨

夜色中，列车穿州过县
呼啸的一苗银针
绣着黑暗

如果不是这列车
我也许早在沿途打尖
卸下简单的行装
油灯下，为一封家书伤感

而窗外雨声淅沥
滴滴，全都落在心头的家园

可这分明是一种浮光掠影的生活
不能深呼吸，也听不到灵魂的轻叹
快速抵达的地方，必将闪离
谁会把我收留？
我又会把谁留恋？

我把故乡埋在秋风中
我把秋风

埋在后院
半夜里，灯烛忽然亮起
唤醒了一座
人间的老院

2015.9.9

留一座村庄让我们继续相爱

世事如海，留一座可以回去的村庄
让我们继续相爱

亲人不在了，就让坟头留着
老屋不在了，就让屋后的道路留着
道路不在了，就让我们攀爬过的老树留着
如果，这一些都留不住，就让村庄后面的那座山头
　　留着
山头下的那条小河留着
小河上，那座古老的拱桥留着

当我们老了
心也累了
我们就一起回去
生锈了的门锁，要亲自打开
檐阶上的野草，要亲手拔去
旧家具上的光泽，我们要重新慢慢抹出来
白天里莳弄花草
暮晚，我们就着轻柔的夜风，倾听天籁

经过了漫长的一生
万物在我们心上有着同样的光芒和柔顺
曾经的恨，也已经变成偶尔的愧疚
但我们终会用剩下的时光来弥补

花开了，我们就去亲人的坟头
果子熟了，我们就分给村里的孩子
实在无事可干，我们就去种几棵树吧
什么样的都行
最好是能结出甜蜜果实的
想着百年之后，树木还替我们活在世上
那是何等的快慰人心啊！

但我们不激动
不把半夜里梦见的事情说出来
即使离去，我们也要把一座能够继续相爱的村庄
干净地，留在世上……

2016.6.18

秋天，在一座开满野花的山坡上

秋风渐紧，山坡上的野花却更加娇艳。

在渐渐增多的枯草中间
它们像举向天空的小小酒杯

秋风看它们盛开，也看它们轻轻摇晃
只有我的心，是悬着的。

在它们必将枯萎的山坡上坐下来
秋风，也一次次让我
摇晃不已

我仔细看，它们也像一盏盏小小的灯烛
在枯草中间，就摇晃得更加厉害

2015.8.21

他们翻开土地，种下了三月的黄花

在深秋的风中，她像一团火焰
男人在前面挖坑，她就抓起几粒种子
投进新挖开的坑中，又用脚轻轻掩上

劳动在他们身上有条不紊。
前几天还是玉米地，今天路过
干枯了的玉米秆，已经焚烧成了灰烬
长过玉米的土地被收拾得舒展匀净

这样的场景让人心醉。
不仅为收拾一净的土地弥漫的安详
也为他们弯腰劳作时的心无旁骛
和他们相比，一年来，我都干了些什么？

在经过他们时我停下来打问"现在种的什么？"
"菜籽。就是榨油的那种。四月份就收割了。"
他们总是怕我这个过路的人听不懂
这让我多少有些尴尬。有些嘲讽是无心的
但我真的知道，在收割之前，油菜花让人间变得壮
　　美无比

其实，我还想向他们打问关于土地的许多事情
但他们几乎连抬头的心思也没有
可这已经够了。我似乎觉着，这个深秋的早晨
我的内心堆满了温暖的黄金。它们被泥土掩藏，被
阳光唤醒，又被春风缓缓抬升、吹送……

2015.10.18

当我们老了

亲爱的，注定我们没有壁炉
没有可烤面包的烤箱
但这都是我们不习惯的东西
我们有宽广的土地，有长满果树的园子
有果树下早已建好的庵房
这就足够了

当我们老了，我们就把花籽撒在树下
撒在庵房的门前屋后
我们喂养小猫小狗
喂养打鸣的公鸡和下蛋的母鸡
我们过简单的生活吃自己种的菜蔬
做平常的老人，不思考深刻的问题

到那时，朋友们也都老了
行动迟缓，肠胃挑剔，我们就时时地
给他们捎去一点自己种的菜
转告他们我们很快乐
每天都可以自己把椅子搬到阳光里去

但我们不伤感，不抱怨。多年之前，我就给你说过

孩子们活着也很不易，我们就不给他们添麻烦了
如果因为探亲，他们丢了工作
或者因为我们两个老而无用的人，他们家庭不和
这都是担不起的罪过

能动时，我们尽量多走
走不动了，就让我静静地陪着你坐下来
现在想来，那真是个幸福的时光
有那么多闲暇用来陪你，用来谋划我们的日子
给你熬粥、烧菜，戴上花镜念那些古老的文章

即使在我念着时你已经悄悄睡去
我也不会怪怨你。我也会放下手中的书本，轻轻
依着你。如果上天眷顾，在我依着你时，我们双双
　谢世，
那真是莫大的修为！
啊，那样的时刻，一定是一个盛大而辉煌的时刻
鲜花盛开，大地安详
阳光从我们身上缓缓地撤走最后一丝温暖……

2015.10.19

牧羊人

暖气供到后半夜就停下来了，房间里会很冷。
但想想住在半山腰庵房里的牧羊人此刻团卧在风中
我就不冷了。

父母去世快三年了，时时想起我仍很绝望
但想想瘸腿的牧羊人除了几只羊，连个亲人也没有
我就不难过了。

我也会对生活有些许的不满，抱怨时运不济，命运
    多舛。
但想想牧羊人，一条腿翻过一座山，仅仅为了去集
    市上买回够一个月吃的土豆
我就很满足了。

有时候看着牧羊人拄着树枝爬山，去赶那走远了的
    羊只
我心里会想："何苦呢？"

有时候，看着牧羊人趴在冰冷的地上吹火做饭
我心里会想："何苦呢？"

牧羊人每次看见我都会笑着打招呼，可我的心里
却在担忧，那些山坡上越来越多的坟堆，哪一个会
　是他的呢？

冬天很深了。牧羊人开始在两个树桩之间搭建他的
　摇床。
我抱怨这么好的太阳，为什么不坐下来多晒一会儿，
　他却说
趁着冬天的树枝容易攀折，他要把夏天纳凉的摇床
　搭好。

春天却还很远，我真为他的这些想法好笑。
可牧羊人从不在乎我的想法。

2016.1.16

丙申春天记事：二月十一日下午，
在磨石村看望痛失爱孙的老诗人

他在黑暗的屋子里笨拙地移动着
去努力打开那个已经熄灭了的火炉
冰冷的铁杵和烟筒，在他的手中像命运
此刻的火，已经熄灭，而初春的寒冷却露出了牙齿

我掀起厚重而破旧的门帘，看着他
简单的事情，他已经力不从心
他感到了身后的光，但并没有回头
他嗫嚅着，像在和上帝对话
直到我站在他的身后

笼罩了他的黑暗，被我再次撩起
幽暗的光线中，他缓慢回过头来
衰老让他如此缓慢，如此不相信身后出现的事物
他茫然地看着我，努力辨认
直到哭声哗然喷出，直到
比血液还要黏稠的眼泪爬满雪白的胡须……
那一刻，我再一次看到了命运狰狞的面孔和獠牙

他用曾经歌唱过的嘴，向我诉说："没有人能听我的话

没有一个人！"我相信，这是真的
人老了，都会多余

他用诗人的眼睛告诉我，死亡到来之前，他看到了
　一切
但他万万没有想到，死亡却从他的身边，带走了他
　深爱着的孙子

他用诗人的嘴告诉我："神不是烂泥捏的，不可乱说
我知道一切，但我不说。"
我相信，他说的是真的

此间，有几位村上的老人艰难地攀过门槛
来陪他流泪，但他闭上眼睛，不再流泪
他喃喃道："我也要走了，
也要走了……"
我相信，这也是真的

这一次，他没有起身送我们
而是缓缓闭上了眼睛

陈旧的老式木制躺椅在黑暗中抱着他
像他年轻时的老伴
陈旧笨重但依旧暖和的旧式翻毛大衣盖在他的身上
像他依旧爱着的诗歌
它们都在黑暗中开始哭泣
但他却不再流泪……

2016.3.21

半截钢轨

半截钢轨，挂在学校的屋檐下
犹如挂着沉沉的远方

阳光照，它会闪光，雨水淋，它会流泪
老校长拿着树枝轻轻一敲
整个村子的心就都亮了

许多孩子，都曾用稚嫩的手摸过它
冰凉。光滑。但摸着摸着，它会渐渐变热

老师说，这截钢轨上曾跑过火车
孩子们的眼光，就模糊了
他们似乎看见扛着蛇皮袋的父母
正坐着它走在回家的路上

老校长一次次敲它
孩子们的眼睛就一次次模糊
许多孩子，梦里都曾梦见
挂在屋檐下的钢轨冒着浓烟发出长鸣
醒来后，他们就流泪

但总有铃声唤不来的孩子
他们沿着钢轨去了远方
伤心的老校长说
这铃声，咋听，都像是娘，在唤娃······

2014.2.27

自留地

对于这片土地，我有太多的亏欠：
枝条疏于修剪，杂草偷食养分
多年的埂界，沦陷于宗亲

我能怎样呢？
时间带走了主人，而我身不由己的生活，总在异乡
纵是土地深恩依旧，庄稼的江山又在何方？

何况，人心的土地上，荒草如狼……

2016.9.14

半截残存的土墙

我所熟悉的乡村，只剩下半截残存的土墙
它曾是生产队晒谷场的界墙，矗立在
村庄和田野的中间

小时候，趴在这堵土墙上，看生产队的人
开会，碾场，分粮食，或者批斗"四类分子"
如今，无粮可晒的晒谷场，已经沦为垃圾的堆放场
和野狗的觅食地。偶尔，有依着墙根晒太阳的老人
闭着眼，一动不动，死了一样。

每次回乡，我都会绕到这堵土墙边上站一会儿
或者，摸摸土墙上风雨催生的苔藓
那些逝去了的岁月，就会沿着我的手臂，缓缓流回来
那曾经的村庄，就会在我的心上渐次浮现

我很迷恋这样的时刻，面对一堵土墙哀悼逝去的时光
但不远的将来，时间，会推倒这仅存的半截土墙
把村庄，变成永远也回不去的故乡……

2016.9.15

丙申春天记事：一个女人在春天里哭

一个女人在春天里哭
时间就会颤动
记忆就会扭曲
碧蓝的天空，就会飞起扬沙

一个女人在春天里哭
不是捶胸顿足
不是有声无泪
也不是抚股作态

一个女人在春天里哭
心上的一条路
就断了
心头的一盏灯
就灭了

春天来了，村子就空了
走空了的村子里，一个女人
哭啊，哭啊
空落落的村子里，哭声传出了很远

好像整个春天
都在哭

2016.3.2

西　山

像一把老式的太师椅
每一个风水的穴场上，都亮着
亭子的红灯笼

每天，总有人沿着山路走上去
踢腿、打拳、吊嗓子，流下大片的汗水后
又甩着手臂下山

西山和生活的关系是：一座山坐着不动
而一条路
总在出汗

一些汗珠下了山
就不见了
而有一些，还得迎着阳光走上来

2014.7.22

人民路

检察院大楼是左臂，法院的
就是右膀
市府大楼习惯靠后，就是人民路的脑袋

白日里有人撑伞
从人民路的左眼进去
走出右眼时
头顶的伞，成了手中的拐杖

江水日日穿城
浪花正在生锈
而卵石一直都在深处密谋

鱼群飞走了
白蜡烛似的鹭鸟
正在为突然铺开的苍茫站岗

驱车经过人民路
就像一滴眼泪爬行人间

而在夜晚，无论怎样的痛苦出现
人民路，都会让它们变成流动的光芒

2015.1.25

蔬菜批发市场

清晨的蔬菜批发市场，是这个城市庞大的消化系统
赶在天亮前，那些会讲粗话的女人
要精确计算出腐败啮心的速度

庞杂的声音和气味，一次次研磨着这个时代的矜持
而生活，一直都在变坏的过程中

我目睹过一个女人
为被突变的天气冻坏的蔬菜落下眼泪
也目睹过他们斤斤计较时的狡黠
可这个城市的口味，一天比一天挑剔

在反季节的胃中寻觅回忆，在微弱的差价中
埋藏幸福。当小贩用木棍熟练地敲击鱼的脑袋
有人就闭上眼睛念佛

我一次次穿过杂乱无章的叫喊
看到舌头的传输带上，春天源源不断
而这只是生活的另一面

我日日深入，和他们愉快地讨价还价
在那些遍地的残枝败叶中间，我
并不比它们更有用

2015.3.31

冬　日

在荒野的崖边上
那株树，已经落光了叶子
无论绿色的，还是红色的
时光，将它们悉数带走

唯有大树，还站着
它身后的蓝天
似乎盛满了纯净的寒冷

不远的将来，雪还会落下来
在它的枝头堆积
有些脆弱的枝条，会因此而断折

一生中，已经习惯了离别
和放弃。但那些深爱着的事物，一直
活在心上
只要想一想，它们
就会发出嫩绿的芽来

2015.11.25

天晴了

阴了一月的天，忽然晴了
这种破涕为笑的蓝真没有想到！
悬在头顶，真怕它们全部倾下来

今天，脚步忽然轻快
那些病着的人，也好了许多
忽然依着床想坐起来，忽然说要吃东西

而我低头走在路上
内心漾动着窃喜的波纹
似乎那天空的蓝，要从我的身体里溢出来

而我不过是走在路上
去想去的地方

2015.11.26

大山沟

大山沟不是沟
大山沟是一座山
一座埋人的山
一座城的人，都被抬进了大山沟
埋在了逼仄的平台上
一座城的人，抬人进山
也等着被抬

大山沟的山坡上
没有多少树
抬头，便是陡峭的山坡
每一次抬头，似乎，都能看见
那些逝去了的人
依着山坡蹲着
他们俯视着昔日的城
等着那些活着的人被抬上来

大山沟矗立在城市的边上
俯视着喧闹的城

人们日日从它的脚下经过

却好像它并不存在

2016.7.23

遥望仇池山

遥望仇池山
一条艰难的路，渐渐走到了高处

山到孤绝
石头的心就硬了

纵是仇池山"逸材"杨大眼能够捕风捉影
也不过是岁月的一声叹息

白云一次次擦拭崖壁的断茬
风一吹，又会悄悄散去

风声。鹰啸。明月。流云。
这都是仇池山被时光砍掉了的首级吗？

遥望处
断壁如劈，旧疼如新

2016.9.24

秋日留宿徽州大酒店

和城市有稍稍的距离是好的
可以步行
可以远喧嚣
可以慢慢走着，想一个人

夜，在秋虫的弹唱中静下来
不知是蟋蟀、朱蛉，还是油葫芦
在客房的幽僻处，它们高古而雅致

过了十二点，楼后面的公鸡就叫了
这是提醒未眠人，要熄灯

秋未深，青蛙还在
池水抱着明月，也在想人

2016.9.26

徽县的田野上，喜鹊在欢快地叫着

徽县的田野上，喜鹊欢快地叫着
从一座村庄，到另一座
一架架欢乐的小小钢琴
嘎嘎嘎，闪着光，飞翔在田野上

庄稼收割完毕，群峰后退，流水开阔
喜鹊成群结队，在新翻的田地里觅食、打闹
又飞到村庄的屋脊上整理羽毛
天黑时，飞过田野，返回树梢上的家

我看见它们时，它们正沿着高速公路飞翔
隔着窗玻璃，晶亮的眼睛里田野涌动
而一辆高大的旅行大巴，却在它乌黑眼珠的中央
静止不动，像一场美好的旅行即将开始

2016.9.26

梅　园

如果眨动，梅园就是一只幽蓝的眸子：
草深处，彩蝶晒衣；水碧时，蜻蜓晾翅。

如果跳动，梅园就是一颗勃动的心脏：
石头上泊下宿雨，树叶上升起烟霞。

如果转弯，她回了一下头。啊，那湖面上的山峰
就会晃动；那树林间的石板路，就会轻呼一声"哎
　呀……"

不止一次走过的路，注定也不是最后一次
不止一次投宿的客店，却只此一家

深夜抵达，为我开门的女孩，穿碎花的青衣，扎麻
　花的辫子
她回头浅笑的门口，写着"梅园人家"

2016.8.1

流水的镜子里，村庄都有新的称呼

从一座村庄，到另一座，流水经过了剪裁
不再是沿着一条浣纱的老路，流经门前，而是
划着垂柳和阁楼的倒影，去村口徘徊

千百年来，村庄第一次，在一面流水的镜子里
打量自己
渐渐淡忘了别人喊他"老乡"，而日趋习惯
人们喊他"老板"

不是土地的老板，也不是庄稼的，而是
一座座仿古客栈的老板，一家家土特产专营店
的老板，一处处酒楼，和"农家乐"的老板

仿佛刚刚脱去长衫，他们脸上的笑羞涩、恍惚
手足无措又无所适从
但不管是否相信，他们苦过累过痛过恨过
又深深爱着的那个村庄，已经离他们远去了

甚至，在孩子们幼兽一样的眼神里，他们
已经集体，被一个全新的时代，远远抛在了身后

2016.8.3

杀　狗（组诗）

有狗哩

男人说："我要走了，看好自己！"
女人说："有狗哩。"
男人深信，那狗是舔过血的。
狗在门口趴着，像一枚勋章。

男人说："挣下钱，给你盖新房。"
女人就有些眩晕。
未来尽管很遥远，但毕竟是让人有所期待。
那一夜，门口的狗
和房子里耳背的婆婆，都听见了他们的疯狂。

女人一次次抱紧男人说爱。
一次次流下泪水说想。
她似乎嗅到了在通往未来的路上
有狗看不住的东西。

男人走了，似乎她的心也走了。
昔日热闹的小村子，如今剩不下几个人。

人走后的村巷，夜夜，都有鬼的声响。
好在，有狗哩。

吱吱的声音

夜，每天都在变长
如果把它设想成一条通往发烫的肉体的路
它会更长

有时候月光像奶液
会顺着门缝流进屋子
有时候，夜像一棵老树
风吹，它会吱吱地响

孤独也会吱吱地响
寂寞也会吱吱地响
一个人的日子，这种响声无处不在

好女人

我是你的好女人
为你守着净身子
三月的垂柳
四月的牡丹
对我，都是一种折磨

我是你的傻女人
你给我一个许诺
我就用它给自己打一副镣铐
春宵一刻值千金
我却轻轻挥手，就把他送走了

我是你的坏女人
抱过孤灯的白身子
再抱长夜的黑身子
想你一遍
夜就起伏一次

墙脚的脚印

有人白天探路
有人乘夜敲门
人不出声狗咬哩
狗不出声，婆婆咳嗽哩

有人千里路上捎信
有人耳朵边上吹风
女人就是那口装水的缸
积攒着的
是怨恨

一个村子的人都快走完了
空荡荡的街巷里
一串串脚印沿着墙脚徘徊
像不死心的火苗

远　方

是绑架，还是挟持？
甜蜜的肉体并不能将他留住

远方，究竟是什么？
是风雨起于眺望？
惊雷起于倾听？
还是荒草爱上了骨殖，伤口宽阔成了码头？

远方并没有驾长车踏破贺兰山缺
一万座村庄就成了空巷
孤独是不是一种刑罚？
离散是不是？

新的时代，总有新的借口
不是土地不收留我们
而是我们从土地上被时代驱逐

光阴里的深井

屋檐望着屋檐
瓦垄望着瓦垄
没有晚来雨
它们守什么？

窗棂守着窗棂
门楣守着门楣
没有半夜灯
它们说什么？

春花跃下枝头
青苔攀上短墙
花树下的浓荫
就一天深似一天

铺一张凉席
支一副草枕
光阴的深井里，泊着
小脚女人和她的明月耳环

幸　福

远方，越来越远
越来越纤细
越来越锋利

没有了消息的远方
是深渊？
是绞索？
是尖刀？

也许从一开始，我们就陷入了时代的陷阱
幸福只是一根挂在牛角上的青草
永远可望
不可即

田园荒了。
日子断了。
羞耻的火苗突突上蹿
向壮观的悲哀清算

其实，梦想的幸福触手可及
可是我们，总是无法说服自己

漫长的日子

漫长的日子，和空荡荡的衣服好有一比
心，总会因为悬空而茫然无助

没有光来指证
黑暗就会暴虐无度
并不是肉体生来邪恶
它甚至看不清谁在驾驭自己

一个人，用无尽的行走
压制那潜伏着的欲望
这也许更接近于一门古老的手艺

古典的女子，在思念的铁砧上
把自己磨成了一枚绣花的针

再缓慢地，别住
那些暗香浮动的句子

流言，是一只羽毛华丽的鸟

在唇舌之间，流言日渐丰满
在深夜，华丽的羽毛便会发出奇幻的光

这是一句邪恶的咒语
游走在真与假之间
这是一盏灯光的陷阱
转过身，美丽的天使转眼就是恶魔

女人啊，一千次拒绝
一千零一次成了流言的俘虏
当她痛不欲生
那邪恶的鸟儿，却鸣叫得更加婉转

如果有虫子深夜啮咬你的心

如果有虫子深夜啮咬你的心
床头的烛火，是否会惊慌到尖叫起来
屋外的秋虫、夜鸟、残月、寒星
乃至拂动了墙头狗尾草的清风
是否会以手镯、丝帕、银簪、书信
或者赶考书生的形象
出现在你妆台上深邃的镜子深处？

如果真有人着长衫，低头作揖
怯生生叫你一声"姐姐……"
你是否会掩面逃遁，终生只在相思中煎熬
或者以帕遮腮款款回礼
幸福到眩晕

如果真有邮差，骑骏马穿越大半个国度
为你送来精心打制的银手镯、碧玉簪、鸳鸯帕
你是否会把一生
就此拱手相送？

如果，送来的不是银手镯

不是碧玉簪也不是鸳鸯帕

而是一封墨香四溢的书信

你是否会急不可耐地打开

边读边流泪

还是会在香泪浸透的枕边放上一段时日

夜夜偎着它到天明

如果真有虫子深夜啮咬你的心

这夜就会变得凄楚变得凌乱

有一万种可能

让你心痛到滴血

就有一万种理由，让你破涕为笑

女 人

她总是将道德的手臂，伸向

落日的铜火盆

取出一把被烧红了的旧钥匙

她总是将夜色浸凉的双脚，伸进
明月的洗手盆
踩住，一颗被幽怨鼓胀了的心脏

在白天和黑夜之间
她时而是烛光，时而是野火
时而，是灰烬

在灵与肉之间，她兼着守门人
和盗贼的双重身份

女人啊，一会儿是左手的铜锣
一会儿，是右手敲锣的木棍
一会儿是砧板上发烫的铁，一会儿
又是砸向砧板的锤

　　杀　狗

一千次，你在心头举起了刀
一千次，你在心头纵了火

杀狗，先从拆一座庙开始

揭一片瓦，是否，会像去一片鳞一样

有锥心的疼

抽一根椽，是否，会像失去一根肋骨

有无法托举的倾塌

拆到第几步，雨水会渍过面颊

拆到第几步，月光会泻出胸口

拆到第几步，你苦心喂大的狗

会引颈就戮束手就擒？

遍地都是残砖断瓦

遍地都是残臂断肢

内心的灯灭了，又用什么

来扶起满目漫漶的黑？

结　局

枯干了的身体

装满了淡蓝色的火苗

终于，她要走了
终于，她要向远方寻找答案。

未来，是否又是一次在巨大废墟上的重建？
是否又是一次
以身饲虎的悲壮轮回？

神在受难
庙在重建
红红的纸灯笼，被风挑走了

2014.4.27—7.26

乞巧 *，在西汉水的两岸（组诗）

　　　唱　巧

　　水边上的苇子草在唱
　　路边上的歪脖树也在唱

　　山梁上的堡子在唱
　　庄边上的塌房房也在唱

　　半夜里的灯盏在唱
　　肩头的水桶也在唱

　　指甲上的凤仙花在唱
　　媒婆子舌尖上的谎言也在唱

　　"巧娘娘，下云端
　　我把巧娘娘请下凡……"

　　巧娘娘下凡，天下的花儿
　　都赶着，把心上的美好，开了一遍

　　　　　　　　　2016.7.12

迎 巧

在水边请神
也请水中的天空
一朵云聚了
风又把它吹散

在水边请神
也请水中的浪花
一朵花近了
另一朵，又把它推远

到了水边
也不敢低头看
低头，眼里的泪水
会把水中的笑脸打散

"巧娘娘，下云端
我把巧娘娘请下凡……"

一条弯弯曲曲的路
唱着进庄时，两边的事物
都退后了一步

2016.7.12

乞 巧

"巧娘娘，下凡来，给我教针教线来"
乞巧，巧就来了

骑马的巧，翻山来
坐轿的巧，渡河来

山是大堡子山，马是雕鞍马
风中的铃铛开了花

河是西汉水，轿是八抬轿
心上忽闪着的是唢呐

提水罐的巧，地边上来
顶手帕的巧，树林里来

玉米樱子动时
水罐里的天，也动了

花椒树上的闪电熟时
心尖上的闪电，也熟了

"巧娘娘，坐桌前，请你给我教茶饭"
乞巧，巧就来了

光芒炸裂的云隙下
好看的巧，腰身一转，就不见了

2016.7.12

祭　巧

用应时的鲜花祭巧

就祭心头那一缕缠绕的香
牡丹随了春风，腊梅在等冰霜
青莲冰肌玉骨，怎么看，她都是神的床榻

用新摘的果子祭巧
就祭脸颊上那一粒悬而未落的清露
苹果犹带青涩，葡萄羞眼渐开
蜜桃红了一点，那也是被神点过的秋香

用新炸的馃馃祭巧
就祭煎熬着的，那一丝说不出口的心慌
鸳鸯成了双，喜鹊飞上房
花开娇人面，蝴蝶过短墙
巧啊，美好的，都是一双

用新生的豆苗祭巧
就祭万物心头那一丛生生不息的成长
娇羞了，婀娜了
那都是一面清水的镜子啊
什么爱她，什么就是她的天堂

一对黄蜡三炷香
香是通神的路，烛焰的心上有佛堂
人群中双唇紧闭，永不说出的一个
也被神光照亮

2016.7.14

卜　巧

在一盆清水中占卜明天，
心上的那一缕忐忑，就轻轻晃动。

阳光有流水的躯体。
流水，也有阳光的心脏。

最隐秘的地方，光芒一直很晃眼。
那样的情景，曾经在梦中出现。

想什么，就认作什么吧。流水偷偷
搂了卵石的腰，卵石的心，也一样慌张。

泉水里洒下花瓣，不过是
在期盼的心上埋下了羞涩

花儿都为自己开了
别人赐给的前程，还有人稀罕吗？

2016.7.13

送　巧

河边送巧
巧，就是碎了的浪花

泉边送巧
巧，就是散了的云朵

村口送巧
巧，就是沿着玉米地走远了的背影

桥头送巧

巧，就是那个拨通，又挂断了的号码

心里想说的话，现在不说
就永远不要说了

心里想见的人，今晚不见
就永远不要见了

女儿没有返程身
一别，终究天涯！

2016.7.17

跳"麻姐姐"

"麻姐姐"是冥冥中的神，知过去，晓未来。

跳"麻姐姐"的人，是一座皮肉的轿子。
心诚了，"麻姐姐"会坐上去，"给黑眼的阳间人指
　　路"，心不诚，则会转身离去。

老去了的乞巧女，都经见过跳"麻姐姐"：
一村的老人小孩，跪下来，听"麻姐姐"讲述命运
　中暗藏的风暴和闪电。

揪心处，"麻姐姐"三天三夜不下"轿子"。
人们眼睁睁看着一座疯狂的"轿子"倒下，而束手
　无策。

几十年过去了，村子里已经找不到能跳"麻姐姐"
　的人了。
花花绿绿的人群，似乎都是破败了的轿子。

在乞巧的七天八夜里，人们只能口耳相传，一个知
　过去晓未来的"麻姐姐"
坐着皮肉的轿子，"为黑眼的阳间人指路"……

2016.8.15

*"乞巧"，是甘肃陇南西汉水两岸流传千年的古老习俗。每
年七月，没有成家的姑娘聚集在一起，请来"巧娘娘"，一
起祈祷祈福。该组诗中引号所引多为乞巧时的唱词。

第二辑

遇　见

远　方
——兼致商略

天气转凉，我带上兰州烟
去远方看望商略

此前，我们曾在京城见面
但五月的燥热和他仓促的行程
并未留出我们足够畅谈的空间
此后，他的每一首新诗
都在撩拨着我期待重逢的欲望
千里的行程，我一遍遍想起他那些精美的诗句
而小小的兰州烟
也在我的行囊中因为喜悦而渐渐变沉

当我们终于见面
当我将行囊中的兰州烟带上他的阁楼
我却有了小小的不安

他为我沏茶
为我预约第二天见面的诗人
并一次次为早上一定要参加的追悼会向我道歉
那一刻，我真有些后悔

我后悔我的到来扰动了诗人的平静
我也后悔我的到来
让一颗敏感的心处于不安
好在那一夜，我喝着他沏的茶
已经品出了平静对于一个诗人的重要

就像今夜，我仍然想着我的好朋友商略
想着在我离去后他写下的美丽诗篇
想着我的不辞而别给他带去的不安
而惴惴地写下：好朋友，就是一个远方
最好的重逢，就是远远地想念

我相信，在他往后的诗中
总有一两束光芒
来自我为他带去的兰州烟
这就足够了
余姚，有时候就是礼县

2013.12.15

再致商略

你遥寄的桂花，我收到了
香味丝毫没有散逸
反倒是那些运送花香的文字
个个都有庞大的根系
在我的心里扎下了深根

从我的小城礼县，到你的余姚
中间隔着辽阔的山水
我读一次你的诗
就算是串了一回门

喝酒都是临时起兴
原本想着，要坐到你的工作室
浩瀚的书籍中间
喝茶叙旧，慢饮花香
可吃饭的刹那，我想喝酒
想喝余姚度数最高的酒
这也许，没有什么理由

曾经以为，我不会用饮酒

来表达情感，可真的我喝了
而且，抑不住地
一次次，一仰而尽
也许那一刻
蛮荒的西部，在我的血液中抬头了
我都不知道，我也有那么
豪迈的一夜
这都是因为，你坐在我的面前

第二天酒醒，昏沉的脑袋差点误车
诧异的妻子，为我复述我醉酒的举止
复述我如何在南方的街头
撒北方的野
我真有点无地自容

好在余姚宽容
并不介意一个醉酒的人
但我至今耿耿于怀
那夜，没有去听你给孩子们讲授的国学
没有陪你，在姚江边上小坐

这似乎，都为我下次的到访
留下了由头

如今，节气已经过了小雪
北方的树叶都已落尽
想必，给你带去的黑兰州
也快抽完了吧
想起这些，姚江水
似乎就流到了我的门前
而你寄来的桂花
从我收到的那一刻起
就一直在对我叙说着对你的思念

2015.11.23

在落日的余晖里享受车来人往

在县城的十字街上，正午一过
就会聚集起很多的老人
他们有的手提小马扎，有的只拿一张报纸
在银行门口的台阶上，一坐就是一个下午

有时候，他们以一毛钱为赌资，争得面红耳赤
有时候，他们什么也不干
任凭过往的车辆和人流扬起的灰尘
落在他们沟壑纵横的脸上

我不止一次经过，并注视他们
有些老人已经在这里晒太阳很久了
他们的衰老似乎比时光更要缓慢
但有些老人，看见过几次，就永远见不上了

晒着他们的阳光也许并不温暖
但这很重要
我有时候甚至觉着，聚集在十字街口的老人们
就像涂在蛋糕上面的奶油
温暖、闲适，漂浮在日子的表面

却有着日渐趋冷的内心

也许，他们每一天面对下沉的落日
都有着奇寒无比的预感
但太阳晒着，活着就显得很温暖

2013.12.17

听云翾君讲论语

一

有朋自远方来，不亦乐乎？

云翾摇头。朋者，同门之谓也，
何为友乎？

粗浅的时代，用粗浅绑架圣人
弟子省去了先生的长叹
云翾弯腰捡了起来

我不能给你们高官厚禄
你们却仍然自远而来
这不也是一件让人高兴的事吗？

二

学而时习之，不亦说乎？

"习者，鸟数飞也。"
简体的云翮，用笨拙的手指
在他面前的桌面上
写下繁体的"習"字

我似乎看到一只即将离巢的鸟儿
不停煽动一双翅膀
而天空高远，大地辽阔
飞翔，是多么大的冒险啊！

先生教给我们修齐治平的道理
我们不停地反复实践
这不也是让人高兴的事吗？

三

人不知而不愠，不亦君子乎？

面对抱怨

圣人拈须不语
这不也是君子之风吗？

云翮无须可拈
早已入定云游
我等自斟茶水
等他云游归来

2014.1.14

小狗笨笨

笨笨不笨
听得懂人话看得出脸色
喜欢嗑瓜子吃水果

笨笨不笨
认得清街坊看得住门
喜欢听人对它絮叨

放在桌上的是主人的
丢在地上的归自己
笨笨分得清，从不在口粮上争名分

有时它也会犬齿毕露
吼叫几声
但它不会给自己的主人动用牙齿

受了委屈，它就用牙齿咬自己的尾巴
这像是对上天的抱怨
但大多数时间它是平和的

十几年了，猫三狗四算来
笨笨年届古稀
但是老了的笨笨，还在对我摇尾巴

想想笨笨摇了十几年的尾巴
想想笨笨守口如瓶的一生
我就由不得感叹："江头未是风波恶"

笨笨也许知道
但笨笨不说

2014.1.21

路　口

每次路过，我都会看见他
手拄拐杖，站立在路口
微笑着向每一个路过的陌生人打招呼

尽管很少有人停下来和他寒暄
毕竟是一个老得连路也走不了多远的人
但这并不影响他的坚持

面对他几近讨好的微笑
和浑浊得散光的双眼
我也有侧身离去的念头

可我还是停了下来
和他聊天气，聊身体
甚至陪他回忆那些久远的陈年往事

回忆让他雪白的胡须微微颤抖
说到兴起，他的双眼会放出光来
他甚至会像小年轻一样对落马的贪官大发感慨：
"啊呀呀，太厉害了！贪了那么多！

想想我们当年……"

我并不反感他看似过时的价值观
也不对他回忆往事时的喋喋不休厌倦
有时，我甚至会绕道过来，陪他说上一会儿

我深知这是一朵正在萎灭的生命之火
我也深知，在不远的某天
这个路口，会只有寒冷

但我还是希望，这一天来得迟些
迟些
再迟些……

2014.12.3

在岷州人哈立德家的面柜上
邂逅一只远古的彩陶罐

美国人史蒂文斯的坛子，摆在田纳西的山顶上
马家窑的彩陶罐，摆在岷州人哈立德家陈旧的面柜上

我看见它时，她和哈立德家的旧电视、菜坛子、油
　瓶子
以及那些用完了的空酒瓶子和洗发水瓶子摆在一起

我看见它时，哈立德披着黑色盖头的漂亮妻子
正在隔壁的厨房里为我们做着可口的羊肉面片

我看见它时，哈立德一对健康快乐的儿女
刚从泥土夯筑的院墙外面的田野上跑进来

我看见它时，哈立德家院子里的芍药花正开得喜气
　洋洋
三两只鸡正在芍药花下咕咕叫着翻寻可以果腹的小
　虫子

可是，马家窑华美的彩陶罐毕竟不是哈立德家乌黑
　的酱油瓶子

小口圆腹平底双耳的造型在众多生活用品中间显得
　端庄而高贵

微红的胎体像婴儿的脸庞也像新婚女孩子娇羞的臂膀
起伏的海水纹缠绕它的上体时我的心一次次感到恍惚

我向它走近，幽微的光芒中它忽然眨了一下眼
我伸手抚触，微凉的肌肤像是三伏天里的甘泉

"不就是一只罐子吗。"

哈立德的解释我并没有听见。我听见的是五千年的
风之声雨之声水流之声以及山火升腾时的哔剥之声

哈立德的解释我并没有听见。我听见的只是大地起
　伏的颤抖之声
兽群跑过的轰隆之声、闪电掠过的断折之声以及时
　间倒流的呼啸之声

"不就是一只罐子吗。"

"是挖药材时挖出来的。"

"也没有啥用处，只是个摆设。"

"老物件了，有人给了好多钱来买，没舍得。"

哈立德向我介绍时，我感到那华美得有些奢侈、高
　　贵得有些孤独的彩陶
已然成了哈立德家破碗残坛的姊妹

我深深觉着，如果此刻说出这只彩陶的出身，对谁
都是一次无可挽回的伤害

我内心的叹息谁也没有听到。
我只是告诉哈立德："好好放着吧，是个好物件。"

告别哈立德时，我忍不住回头，哈立德披着黑色盖
　　头的漂亮妻子
正倚在门框上，幸福地注视着趴在门槛上分享方便
　　面的一对儿女

在她秀美的脸庞后面，那只华美高贵的彩陶罐
正和哈立德家的旧电视、菜坛子、油瓶子一起深陷
　清贫之家的恬淡与自足

告别哈立德时，哈立德家院子里的芍药花正开得如
　火如荼
哈立德家泥土夯筑的院墙外面，油绿的麦田正在掀
　起生长的波浪

美国人史蒂文斯的坛子摆在田纳西，它让山峰围着
　自己旋转
而马家窑的彩陶罐摆在岷州人哈立德家的面柜上，
　它让时间围着自己旋转

2014.12.8

搬运工

数百斤的铁东西，要上楼，六个搬运工
就是它临时的脚。

他们一起围着笨重的庞然大物
走动、打量，盘算如何让重
轻下来

六个搬运工，六个被灰尘和油腻钟爱着的
男人，像六只狡黠的蚂蚁
他们蔑视一切看起来庞大的东西

越是难以撼动的，越是他们要拿下的。

六个男人一起使劲，一起屏住呼吸
就没有什么抬不起来。

转过楼梯的拐弯，生活就会宽阔
现在要做的，就是
绝不松手，绝不放弃。

六个搬运工，六只生活中的黑色蚂蚁

他们替你扛起来的，永远要比你付出的多。

2015.4.10

我欠这个世界一个真诚的道歉

一个晚上，我三次跑下十七楼
去看我锁在楼梯口的三轮车
我总觉着，夜色中，有一双不轨的眼睛
在盯着它

天亮，我再次跑下楼，鲜红的三轮车
还停放在原地
只是早晨的阳光让它更加鲜艳

我猛然觉着，自己很猥琐。

站在崭新的三轮车面前
我像一个狭隘的小偷
欠了这世界一个真诚的道歉

2015.4.11

没有什么东西一无用处

他们在门口的垃圾中，翻出了矿泉水瓶子、废弃的
　铝合金条子
以及装饰石材的边角废料。

他们还将包装箱子的边框木条敲下来
用编织袋子和废电缆束起来，码放整齐。

我目睹他们对一堆装修垃圾的珍爱，也目睹了
他们弯腰捡起的窃喜。

"没有什么东西一无用处。"

石条可以磨刀。木条可以生火。铝合金条子可以换个
不错的价钱。一个矿泉水瓶子几分钱
但攒多了，也价值不菲。

其实，断了的砖块完全可以拿回家去砌墙，不过
它们实在太沉。而一块大面积的广告布，用来晾晒
　谷物
那真是不可多得的宝贝。

"没有什么东西一无用处。"

为了向装修师傅讨要一个糊满涂料的铁皮桶子，他们
把门口打扫得十分干净。
"没有用的东西，就送给我吧。农村里，啥都能
派上用场。我可以给你干出力的活。
我们有的是力气。"

他们满脸谦卑，语无伦次。
他们直起腰来擦汗的地方，多年前，他们曾捡拾过
遗漏的麦穗。只不过，现在的土地上
长满了楼房。

2015.4.12

请记住她永远都不能忽略和替代的称谓

那个满头白发的女人
曾经也叫宝贝、甜心
或者亲爱的
爱人

那个灰尘扑面的女人
曾经也叫女儿、妻子
或者当家的
掌柜的

但现在她只叫老人
或者老女人、老太婆
甚至是丧失了性别的
捡垃圾的

当你呵斥她滚开时
请你记住
她还有一个称谓
叫母亲

如果这个称谓还不能唤醒你
那么，请你再记住
她永远都不能忽略
和替代的称谓：妈妈

在你呵斥她之前
在你大喊着要她滚开之前
请你闭上双眼
深吸一口气
轻轻地呼唤：妈妈、妈妈……

2015.4.15

传菜大姐

传菜大姐摔倒了。她顾不得疼，就用手去捡摔碎的
　　盘子和洒在地上的菜。

工友们跑过去扶她。关切地问她摔得重不重。她却
　　说"是我不好，没有走稳"。

地面打滑，怪不得她。只有她，一直在怪怨自己。

我扶住她的胳膊，让她歇一会儿。她却显得很内
　　疚，声声抱怨自己不小心。

没有人怪怨她，只有她一直在怪怨自己。

我甚至觉着，她已经在内心盘算摔碎的盘子和洒掉
　　的菜值多少钱。她的工资会少很多吗？

我劝她歇歇，要不去看看医生。但她很快就一拐一
　　瘸地走进了后厨。但很明显，疼痛让她很痛苦。

我担心她会很自责，也担心她摔得是否很重。但转
　　眼就找不见她了。

直到经理把一张写在菜单后面的辞职信递给我，我
　　的心猛然有了刺痛的感觉。

她在信中说由于自己最近生病，一直在吃药，精神
　　不集中，今天摔了跤，影响了工作，决定辞职回家。

满满的一页纸没有一个疼字，也没有说一句地面打滑。

我赶过去时，疼痛让她很不安。我告诉她，我不会
　　让她辞职。如果摔得重，就马上去医院检查治疗，
　　如果不重，就回家休息，工资一分不少。

她喃喃地说："这怎么好意思呢？这怎么好意思呢？
　　都是我不好，都是我不好。"她说时，眼泪差点掉
　　了下来。

那一刻，我觉着他 × 的钱很重，他 × 的钱也很轻。

我坚决让人开车送她去医院，并告诉她，无论休息
　　多久，我都不会辞掉她。她的休养，就是最好的
　　上班。

好在检查结果很快就出来了，没有大的问题。医生
建议不用服药，休息一下就行。那一刻，眼泪让
我将她当成了我的姐姐。

2015.5.5

生命就是一座花园

一个人的早茶，如果有暄软的饼子，有洋葱木耳下菜
这该是多么大的赏赐和恩惠啊！

不是一切奢侈都有让人艳羡的理由
我细细咀嚼一块饼子里渐次展开的田野、麦浪
阳光以及汗水，也要把洋葱木耳中深藏的往事品出来
啊，那些幽谧的往事，此刻是多么香甜可口！

如果饼子的碎屑从我的手中掉落
我一定要弯腰捡起
当我把沥在茶杯里的茶汁轻轻端起
也似乎端起了一杯清清浅浅的旧日时光

我嘶嘶地啜吸上一口，闭上双眼
静静地感受温热的茶汁缓缓穿过身体时的惬意
那一刻，我觉着生命就是一座花园
而用来虚度的时光，是最为娇艳的花朵，正在静静
　地盛开

2015.7.6

我只是一段用旧了的老时光

午后的睡意越来越淡。
晚上也是。

我更痴迷于闭上双眼，在一架摇椅上虚度时光。

我也越来越惧于外出走访、应酬
惧于打开书橱里那些堆积如山的蒙尘的书卷
我只是靠着书橱，闭上双眼，一坐就是半天

我不想翻书，也不想扰动书卷上安静的浮尘
我只想静静坐着，一任窗外的风
将我轻轻晃动

有时，在轻轻晃动的摇椅上，我像一个熟睡的婴儿
有时，我像一个安详的深陷弥留之际的老人
更多的时候，我只是一段用旧了的老时光
在渐渐变暗的过程中，坚持着那一抹暗淡了的明亮
　和温热

2015.7.6

南山践行，兼寄竹溪佬翁归乡养病

南山不远，我们却走了几十年
人间辽阔，如果没有相遇
纵使骸骨乞来，又该凭谁相送？

风吹长亭，铺开送别的离宴
我已为你摆上青峰数座，夕阳一枚
更何况，骤雨初停，江山新洗
斜阳是多么地深情！

不要说此别无会
也不要为自己的老去道歉
英雄更是老去快
而生命的树枝上，时时都会落下果子

和你历经苦难的童心相比
年轻的世故，才是真正的苍老
为什么一定要用酒，来浇这离情别意
清茶一盏，更能映照出你顶上白发的妖娆

世人皆拜孔方兄，谁为诗人虚前席？

腹内诗书五车
也难买多余的知音一个

金龙多病，云翮也已老去
张宁才俊，谁又怜其过目成诵？
唯夏沫正在成长，而我虽壮
却也泪水流干，万念俱灰

灵魂都在路上。
此别岭树重遮，江流宛转
且饮下这滚烫的晚景，为先生寿！

但乞得来日颗粒归仓，瓜果下树
且长亭重设，金风再邀
人世上的五个兄弟，将为你顶上的积雪
拼却一醉

2015.7.7

我相信她说的一切都是真的

在北道二马路直通高速路口的藕河人行大桥上
小女孩和落日一同出现在桥的中央
落日正在西沉，而小女孩却用手中的麦克风
想要留住过往的行人

我也是一个女儿的父亲。我有一个和她年龄相仿的
　女儿。
经过她时，我停了下来。

有人从我身边经过，提醒我："别信。那都是骗人的
　谎言！"
我相信提醒我的人是善意的。但我更愿意相信
眼前的这个小女孩。我相信她所说的一切，都是
　真的。

我不再犹豫。我掏出了钱，投进了她脚下的纸箱子
我并不需要谁来感谢我
我只是觉着，唯有这样，回家见到女儿，我才不会
　羞愧。

离开时，落日尚未完全消失

温暖和鲜艳的红色，正从桥面向沉稳的籍河延伸远去

像拖了一条飘逸而宽广的红丝绸。而可怜的小女孩，
　还站在

桥的中央。夕阳的余晖中，总有人像我一样，固执
　地停下来

相信她说的一切，都是真的！

2015.7.13

火车站送儿子远行

我的喋喋不休被你厌倦
但我还在重复

我想把上半生体验过的疼，都折叠成一本微缩的掌
　中书送给你
可你对此更加反感

分手在即，我已经顾不得自己被你嫌恶
包括你对我翻白眼时，路人诧异的眼神
这一刻，我已经不再计较你的态度

其实，在你离开时，我十分想拥抱你
但我还是忍住了，只是习惯性地，拍了拍你的肩

候车的人很多，但我一眼就从人群中看见你了。

进站口的铁栅栏重新被锁上，我却并不想离开。我
　蹲下身子
索性坐在候车室外烫人的水泥台阶上，一任滚滚的
　热浪将我掩埋

那一刻，我觉着坐在台阶上低头忍住泪水的自己实
　　在是没有了用处
而真正有用的那一个，早已经随你去了远方……

2015.7.13

那个在太阳下赶路的人

石头已经发软，可他还走在路上。
烈日一直照着他行走的身子，像围剿，也像呵护。
但没有什么，会让他倒下。

他一定是一个内心拥有远方的人
才不惧烈日的逼迫和拷问，也不会贪恋路边的浓荫
他不停地走：不犹疑，也不旁顾。

他甚至不是受到了召唤，或者诱惑。
他匆匆走着，像自己在驱赶自己。
他是将一个小的自己，赶向一个大的自己吗？

所有路过的人，都怀疑他会昏厥，或者倒下
但正午已过，烈日也会无可奈何
而他，正在渐渐远去

他有一幅几近焦糊的面孔，也有一段
可以拧得出水的影子

长路上，他走掉了心头的鸦群，也走掉了

浮云的帽子。但他经过我时，我真为

内心偶起的倦意羞愧难当

2015.7.21

我们相约去逛街
　　——致卒子

男人们爱上逛街，好像胸无大志
但我们深爱着。

我们也爱女人，爱孩子，爱凡俗的生活。
唯独不爱理想。

似乎是厌倦了曾经的意气风发
或者仗剑独行

如今，我仍然记着你在佛崖写下的诗句
记着你在武都的冬天，身穿军大衣穿街过巷的样子

我们仍然都在写诗
但却不再谈论。

那些我们生命中爱过的女人，如今何在？
纵然相逢，你还忍心再看一眼吗？

一生中，万物都在凋落
唯独佛崖的桃花，依旧别住了春天的消逝

我每日沿着白龙江独步，给自己一个艰难的目的
而你从家到单位，似乎比我更不易。

汗水流尽的早上，我忽然想你
忽然想约你一起去逛街

想着两个华发渐生的男人，手拎塑料袋子，从一个
　菜摊
到另一个。我的内心，就会泛起莫名的感动……

2015.7.23

鹭先生

一

风雪中见你，穿风雪的大衣
再冷，也不说出来。
闭上眼，就是拉上窗帘
有一盆小火，蹿着幽微的火苗
花朵静静开放
无处不是春山
夜深了，就和自己对酌
醉了，就合衣睡去

二

风雨中见你，穿风雨的蓑衣
扑面都是针芒
你是最锋利的一根
不伤感
也不迎风堕泪
捕得鱼虾，可以充饥
忍得住饥饿，方能拨亮灵魂的灯盏

三

风雨，不过是让开餐的时间晚了一点
活着，才更像一场庆典

四

钢蓝色的水边上
你把灯烛一样的影子插在水中
你们这些爱美的事物
都有一幅干净的肠胃
更多的时间，你在选择。
你有流水一样的意志
你有卵石一样的决心
但更多的时候，你像灯烛
把自己插在钢蓝色的水边

五

天空，是神住的地方
就是仰望，也得低下头来
你束紧腰身
把流水绑在纤细的腿上
大地是可靠的
万物都可亲近
在杂草和卵石中间
你和它们一样谦和
但万物，让你高了一点
万物举你，是举自己心头那部分干净、轻盈
以及不刺眼的光芒

六

而你毕竟是可以让暴怒的心安静下来
而你毕竟是要飞走
而你毕竟是要用一条干净的河水养鱼，照镜子
而你毕竟是更多的时间里不说话

七

我现在非常喜欢去你所在的水边静坐
我叫你"鹭先生"
我给你鞠躬作揖，然后盘腿坐下来
这是一生中最幸福的时刻了：
坐拥万物，静观消逝。
笑拈风霜，闲染头白。
我终于坐在了生活的对面，成了自己的主人

八

某夜月明，浪静风清
你突然开口，要为我舞上一曲
纤足起处，荷花探头
玉翅动时，长野翩跹
水面上洒满时光的碎银
草枝上挂满仙人的长衫
堆满月光的大地，也不过是一间用来闲坐的书房

养着人间的青灯一盏
我叫你"鹭先生"时，袅娜的烛焰
轻轻，闪了一闪

九

而你毕竟是要飞走
而我守着的青灯
毕竟是要油尽灯干
叫你一声"鹭先生"
人间的青灯
又闪了一闪……

2016.2.23

万物都有一条黑色的影子藏在身后

一群细小的沙粒，拖着长长的影子，在大地上
向早晨的太阳问好。

我俯下身子，向他们打招呼。他们没有因为我的到来
停下内心的念颂；也没有因为我的注视，回过头来

我注视一粒沙子面朝太阳，拱手闭目的虔敬，也注视
他们集体噤声，默颂天恩时的壮观

是的，不只是高大的事物都在发光，万物都有一条
　黑色的影子
藏在身后。而一粒沙子，藏起来的也许更少

2016.5.2

深山访竹溪佬翁

一

想起竹溪佬翁在深山，满坡的叶子
就都红了

二

一群野鸟，呼啦啦飞起，掠过野马河谷
在罗家坪的山坡上停下来
高大的山萸树上，就多了一些会唱歌的果实
它们的叫声甜而多汁
它们的翅膀闪着光

三

一枚枚熟透了的山萸果从空中落下
秋日的阳光会被砸出小小的波纹
等不得冬日来临，野鸟和大尾巴松鼠会吃光这些甜
　　蜜的果实

也有一些会落在草丛里

第二年，小小的芽钻出地面，它们和野草没有区别

四

这些会唱歌的野鸟，和有着甜蜜果实的山萸树

是罗家坪的恒久住户

也是竹溪佬翁的左邻和右舍

它们在渐渐变凉的天空下

一起等着果子变甜

五

而罗家坪的山萸果已经变甜

有些已经开始掉落

通往竹溪佬翁家的那条小路上

红红的山萸肉让空气中弥漫着淡淡的酒香

好像风中藏着一座古老的酒坊

六

竹溪佬翁毕竟年逾古稀，发白如菊
有些诗句写到一半就会忘记
这并不影响那些残章断句串起来的时光
抵得上一座旧词草堂
时时想起，犹如风吹花落
池满香动

七

路过三盘就渐趋平缓
在小路转弯的地方，竹溪翁手握拐杖，伫立在小路
　　中央

"知道你们要来，他出出进进一个早上了。"

看见我们，他加快的步子让人有些担心
但山鸟啾鸣，阳光杂乱
身旁红红的叶子都闪着幸福的光芒

八

土炕已经烧热
油茶已经揿上
一只雄鸡来不及喊出的朝阳也早已烂熟锅内
他嗫嚅的嘴唇最终也说不出几句滚烫的话
而他抬手一指，满坡的叶子早已红成了沸腾的海洋

九

"金龙可好？……"
"张宁可好？……"
他的询问总是时时陷入茫然。
有时，他问到一半就忘记了
剩下的部分好像被风吹散

十

但也有让他灵光乍现的话题。

谈及旧时文人在清福寺对对子，有人出联"月明星
　　稀刚子夜"，无人能对，扶乩请神。
当他闭上眼睛说出："今日联，明日联，为点小事把
　　吾参。
眼前对子有一联，云淡风轻正午天。"
恍若他就是隐身在月光中的神仙

而当他摇头晃脑说出："我乃武将家风，不识文事，
　　为你一副对联，跑了一回东海岸上，请教了洞宾
　　先生。"
他恍若又成了死去千年的杨四爷
"木易杨将军，神是神，人是人，神岂能为人乎？"
"古月胡先生，尔为尔，我为我，尔焉能昧我哉？"

如此绝对，那漫天的月色
也似乎都来自他灿然的白发深处

　　　　十一

越过窗外的土墙，远处就是毛羽山系起伏的山梁

在它巨大的褶皱中，竹溪佬翁成长、教书，一次次
接受无产阶级专政，又偷偷写下泣血的诗句藏在墙
　缝里
如今儿孙已长，命近黄昏
他却说这是人生的黄金时期
又为此写下许多滚烫的诗句，含笑老去……

　　　　十二

离别时，他站在路口朝我们挥手
那些吃饱了的鸟雀，就站在他头顶的树枝间鸣叫

人生总有许多不舍，却不得不转身离去
竹溪佬翁已经老去
而我正在老去的路上
那些红了的树叶，有的已经凋落在了地上，有的还
挂在枝头
更多的，却一直飘在我想起他的风中……

　　　　　　　　2016.11.22

第三辑

我把落日埋在了心上

五　月

一

五月，我预知一切，却无法挽留
正如大地，早就为他备好了 1.6 米深的墓穴
日子到了，他就得住进去

整个夏天都燠热无比
我的血，却似乎一直在结冰

二

五月的那个深夜，空中传来隆隆的声响
像是悬停的飞机在等着他的主人

一生都未曾远足的人
这一次要上路了
他热爱的一切
一件也没有带走
除了他的爱，和在我们生命中流淌的血……

……天亮了，我看到
他甚至没有带走他只剩下骨头的躯体

……房间已经空了
再多的泪水，也无法将他追回

三

也许他早就累了
甚至厌倦
多年后回头，他不过是倾尽全力
为自己挖了一个深坑

我开始厌倦泪水
和泪水深藏着的虚情假意
不会有人，再对他发出邀请
爱他的人，掩埋他
像掩埋一个错误

2013.6.29

路过医院

路过医院，路过那些充满来苏味的窗口
路过以拯救的名义叠摞的痛苦

路过医院，路过
那些冰冷的数据对生命的粗暴判决

路过医院，路过鲜艳的"十"字
所蕴含的鲜血和泪水

路过医院，路过这生命的方舟
就是路过一具具棺材的别称

路过医院，路过
一次次经过它时，它对我的觊觎和俯视

路过医院，路过它大张着的口里
无辜的人带着泪水进去，又带着哭声出来

路过医院，路过命运的无法逆转和戛然而止
我看到悲痛的眼里全是无望的神秘

2013.7.19

空心的人

只有今天的文字，是黑色的
他们要见证
一个重孝缠身的男人
成了孤儿

只有今天的文字，是沉默的
他们要倾听
一个双亲俱丧的男人
哭成了孩子

四面都是哭声
唯有他
用战栗的双肩埋着绝望的脸
四面都是道路
唯有他
找不到回家的方向

只一个夜晚
风，将他吹成了空心的人

2013.7.19

风吹动了摇椅

失去了亲人的摇椅
忽然，又动了一下
仿佛远去了的老父亲
又回来了

守七的日子
泪水有着蜇人的芒刺
但我对他的怀念
必将要在形式上暂停
可漫长的雨季才刚刚开始

苍天厚土掩埋什么
什么就在大地上生生不息
就像孤独的摇椅
每一次看它
似乎都在动……

2013.7.23

在泪水中起程

妈妈，今天，我要带着你
去一个比县城更大的城市
寻找一位传说中的神医
妈妈，我已经记不清这是第几次
在一种谎言中
让你承受劳顿之苦
与其说是寻找拯救
不如说是我在利用一种谎言
成全自己可怜的孝心
但是妈妈，除此，我还能做什么？

我们微笑着接受别人的祝福
但并不甘心命运的安排
希望从来都很渺茫
但那毕竟是希望啊
妈妈，让我陪着你
就像你在那些艰难的岁月陪我一样
妈妈，也许一切都会好起来

我向你历数人间的奇迹

但我深知这只是一场骗局
妈妈，我不说穿
但你也紧咬着牙关，妈妈
你是在用和死亡的抗争
给我悲痛的心以安慰吗？

妈妈，哪怕真的一去不回
哪怕从此阴阳两隔
我都坚信，什么也不会把你从我心中带走
妈妈，让我们微笑着，上路吧

2013.7.29

黄昏来临

又一个黄昏来临，妈妈
太阳离开了大地

那次从兰州返回，一路上
你都在对我回忆过去的事情
妈妈，我强压着泪水
觉着自己是那么无用

我曾一次次设想，放下手头的工作
到乡下去陪你
可直到临终，我也只像个匆匆的房客
除了给你留下无尽的想念
更多的，是你对我的牵挂

如今，我们都知道了永别在即
你却一次次告诉我们
"我走后，你们都别哭"
你说我们都是孝顺的孩子
你并没有遗憾
可是妈妈，没有了你
我们又会是谁孝顺的孩子呢

我们不哭，可你挣下的钱财会哭
你修好的房子会哭
你留在我们血液中的善良和仁义会哭
妈妈，你辛苦了一生爱了一生的村庄
会哭

如今，我终于放下了手头的工作
我们却隔着冰冷的两个世界
我多么希望有一扇门可以找到你
哪怕只去看你一眼，妈妈
哪怕只是看你一眼……

天又黑了，妈妈
我在你睡了一生的床上坐着
感觉你就在我的身边
妈妈，我静静坐着
就像一扇虚掩的门，等着你熟悉的身影出现

2013.7.31

在妈妈的坟前

妈妈，侧个身，你就会看见我
和过去一样，又坐在你的身边
这是我一生最喜欢的事情：
静静坐在你的身边，听着，或者诉说

有几次，我并不认同你有点严酷的
自律和宽厚，但是，现在看来，你是对的
妈妈，年轻的虚荣和好胜
并不能给我们带来什么。也有些时候

我把活着的烦恼和泪水一起带到你身边
向你倾诉那些人世的不平和不公
向你宣泄我心中的不满
可你总是一脸微笑，给我相反的开导
我甚至生气，你并没有偏向你疼爱的儿子在人世所
　　受的伤害
可冷静下来，我才知道，妈妈，激愤的后面
才是真理的大道

和以往不同，今天我跪在你的坟前

我知道你就在我的眼前，我却唤不醒你
妈妈，流水并不生气，我只恨那是一条不归路

妈妈，此刻跪着的，是你留在尘世的三个儿女
他们一次次凭借泪水，倾诉对你的思念和内疚
但不远的将来，他们必将拥有全新的生活
我唯一能做的，就是在注视他们时
时时想着，我是你留在人世的眼睛
我甚至觉着，对他们多余的过问都是打扰
就像我不想对任何人谈论你的去世一样
除了祝福，我不愿任何评说的手指指向你

妈妈，在你的坟前，辽阔的天空比我更加绝望
风撕扯着流云，就像思念撕扯着我的心
妈妈，没有你的日子，生活失去了重心
无端的风，似乎都会将我带走
可我还得忍住悲伤，妈妈
生活还在继续，你的爱还在继续
作为长子，我对你的承诺还在继续
妈妈，俗世的界定无法给我的思念贴上孝顺的标签

此后的日子，想起，就是节日

活着，就是怀念

2013.8.6

守着父母慢慢变老是一件多么奢侈的事情

无数次设想，在父母满头白发的时候
我要首先把我的白发染黑
父母在，我不敢先白

无数次设想，在父母满口假牙的时候
我也要把我缺了的牙补齐
这样，喊出的爸爸妈妈就不会变调

无数次设想，当我迈进家门
喊出一声滚烫的爸爸妈妈
那是多么幸福啊
尽管我也行动不便
可我还是要像个孩子一样
亲吻他们苍老的脸，或者
低头垂手，接受他们喋喋不休的训斥

这样的情景我曾在幸福的童年拥有
那时，我多么羡慕我的父母
回了家，还可以喊"爷爷"

如今，我对生活的要求一低再低
失去婆婆后我祈求上苍留住我的父母
失去父亲后，我只祈求留住母亲
可守着父母慢慢变老是一件多么奢侈的事情啊

双亲俱丧，我就只能在梦里喊爸爸妈妈了
而当我的儿子，也在梦中喊出"爷爷、奶奶"
泪水，早已漫溻了我未老先衰的心

2013.9.6

逆风而行

闭上眼，我又看见父亲
骑着破旧的单车
逆行在风中

似乎年轻再次回到了他的体内
每一条骨骼
都比那飞转的轮辐更加闪光

家在身后，而生活
永远在前方无休的风中

无数次，我目睹他逆风前行时
暴凸的血管和青筋
我也目睹，逆向的风吹他
比命运还要无情
可唯有此时，他更像一把刀
或一支箭
他总是俯身，用劲
并让风，把他染霜的头发
吹成一面旗帜

我真怕围剿的恶风
会让生活的大车倾覆
可父亲从不这样想
他甚至从不要求我们
来帮帮他

身边的世界在晦明转换中飞速变化
唯有父亲骑着单车
逆行在风中的身影
亘古不变
就像父亲远去，我恪守着的一句诺言
风吹，它会闪出光来

2013.10.21

电话响了，谁来接？

母亲走了，我仍然会在傍晚时分
拨通乡下的电话
我知道，不会再有人来接听
不会再有人，听过我的问安后
为我讲述乡下生活中小小的喜忧

可我知道，固执的振铃响起
家中的小狗会叫
母亲坐过的小木椅、睡过的土炕
会有起身走动的想法
甚至母亲手植的月季，都会在檐角的阴影里
恍惚地摇个不停
可这一切，必将在巨大的暮色中
归于沉寂

可我仍会一次次，就着心头时时闪现的疼
将那熟悉的号码按下
等那漫长的等候音
穿过茫茫夜色，栖落在母亲的遗像前

再把活着的无奈和忧伤
细细回想一遍

电话响了，谁来接？
黑漆漆的世界里，心，碎在那忙音的后面……

2013.10.31

我并不知道，庸常的日子藏着什么

有一夜无可名状的哭泣
从悲伤到绝望
就有生活小小的幸福，诱惑着
我去抵达

有一夜毫无来由的雪
堵塞梦里的小巷
就有厄运的棺材，早已安放必经的路口

风把明天吹来
我嗅到了，却又茫然走开
这一刻顿悟，只是结局无可悔改

要哭，都是枉然。死也改不了
那早就指给你的命运。
我并不知道，庸常的日子藏着什么

2013.9.19

幸福和你并无关系

修一座房子，夜以继日地搬运砖块
水泥和木头，但真正的主人
也许素昧平生

栽一棵树，挖坑、培土、挑水
浇地，期待阳光、雨水
期待花开如火、子繁似星
但你只是在秋天，把成熟的果子小心摘取
又盛在盘子里

吃果子的人，在远方沉睡不醒
无数的日子里你伸腰远望
似乎看到了美好
但幸福和你并无关系

你只是一个运送幸福的人啊
幸福来了，你就离开

2013.9.19

月圆了，心就碎

如果草丛里的虫鸣
是一种心碎
那么，头顶的明月
就是另一种

如果风吹荒草
是一种心碎
那么，月照孤冈
就是另一种

今夜的月亮照我，如照一座埋人的孤冈
月光寂寂的对面
虫鸣寂寂

虫鸣，针尖一样的虫鸣
有着轻柔而细碎的光芒

2013.9.19

泪水纵横，我仍然不是一个善于哭泣的人

心碎了，我仍然不是一个善于哭泣的人
疼痛的闪电穿透灵魂
我只能一次次，成为无限碎裂的一小块

泪水也有浑圆的一刻
我只能承受再一次的碎裂却束手无策

为什么，有那么多的裂缝要在同一时刻醒来
多少年，又是什么，在维系着它们美满的假相？

生活啊，万般的击打都无法碎裂的
却为何被命运的小锤轻轻一叩
就轰然散裂？

泪水带走的秘密，我永远无法说出
黑暗兜着的星辰，却是我日渐溃烂的伤口

2013.12.9

思念也许只是一个方向问题

在回乡下老家的路上
我随处都能看见他们留下来的痕迹
在包子店微温的条椅上
在公交车站尘土飞扬的站台上
甚至，在村口拐弯的那个巷子口
我似乎看见父亲手推单车
母亲紧随身后
但一转眼，风又将他们藏了起来

有时候，我总觉着我离他们很近
近得可以感觉到轻轻拂向我脸颊的气息
但就是无法握住他们熟悉的手

我一次次返回老家
一次次在他们逗留过的地方伤神
又一次次无果而返
陷入持久的思念

现在想来，这并不是距离问题
也许只是一个方向问题

也许一转身，我就能搂住他们的双肩
流下这憋了很久的泪水
但我无法转身
无法把眼前的一切丢在身后

我茫然地沿着日子的方向继续向前
茫然地带着大量的泪水四处张望
直到某一天，他们双双回头
愤怒地
对我断然呵斥……

2013.12.15

子欲养

这已经是一个结局
风把房子占据了。
巨大的空旷中，活着就是悬浮

从来没有像现在这样关心身后的事
关心悬浮起来，又凭借什么
落下去

"子欲养……子欲养……"
养什么？
养他孤苦无助的心？养她
无力回天的疼？
养我们捆绑在一起的绝望和心碎？

风把房子占据了
疼把心占据了
思念每天擦拭的，只是一个无法弥合的伤口

2013.12.26

父亲的早晨

在早晨的阳光穿过文具店的玻璃门之前
父亲将屋角的两只黄玉鸟挂了起来
这是美好一天的开始
然后，他打开乌铁炉子，拨开昨晚封好的炉火
转身拎起门口的塑料桶子和拖把
去街对面的水房提水、洗拖把
这是父亲重复多年的工作
如今，我要替他来干

冬日的早晨空气干涩而寒冷
在我穿过街道时
我可以回想父亲从乡下老家骑着单车沿河而下
寒冷让他的耳朵渐渐失去知觉
而后是一双翻毛手套里的手有了针扎的感觉
但他的内心是热的
一生都在路上一生都在车上但这和利润没有关系
沿途他买手工的馒头，和相熟的人打招呼
但他的心里却想着他关在屋子里的黄玉鸟

当炉火旺起来，父亲就不停搓手

准备将水泥的地板再拖一遍
然后将沥着水的拖把放到屋外的台阶上准备早茶
这样的生活他熟悉而痴迷
尤其在他将熬好的茶汤沥向瓷盅
他总是希望那些爱鸟的老人们推门进来
他就会停下来，将第一杯热茶递过去
多少年来，和他一起老去的人们都成了非常要好的
　朋友
他们一起眯上眼睛听鸟一起相约着去鸟市

在众多的鸟儿中，父亲的黄玉鸟最值得骄傲
它们的叫声清脆婉转而且持久不断
这让许多老人们艳羡不已
为此，父亲一闲下来，就擦拭他的鸟笼
在他的心中，这两只鸟儿
比他的儿子还要亲呢

可人总有撒手的一天
当他来不及安顿身后的一切就闭上眼睛
整个街道都清冷了许多

往日的鸟友来了又散，甚至有些一病不起
可日子总得继续

在清理他的遗物时
我将两只黄玉鸟留了下来
这是两只无法独自生活的鸟儿
在早晨的阳光穿过文具店的玻璃门时
它们会像父亲活着时一样准时开口歌唱

我在这个过于清冽的早晨重复着父亲干过的一切
静静坐在火炉边听那两只鸟儿歌唱
我就觉着，我的父亲——
一个小县城文具店的老板
又活了过来

2013.12.29

没有人的时候

没有人的时候，我才可以尽情地想
想你们说过的，也想你们没有来得及说出的
想你们五次三番强调的，也想
你们隐藏在泪水深处的

唯有此刻，我才可以放纵滚烫的泪水
在我苍老的脸上。唯有此刻，我才可以
放纵思念的小刀，千百次地，将你们一刀刀
刻出来，削去，又刻出来……

不是所有的时刻我都可以泪水长流
不是所有的时刻，我都可以哭出声来
年关了，我得像你们在世时一样
把生活，用坚强来照亮

2014.1.18

用夜的黑补上白天的空茫

我已经习惯，在黑夜去看你们
看你们沿着旧日的街道
与我擦肩，也不开口

我已经习惯，在黑夜去看你们
看你们重新比肩
过着浮云样飘忽的日子
而我喊你们，你们并不回头

可你们总会捎话
要我们兄弟相亲过好日子
要我照看好你留在阳世的小鸟

和夜晚相比，白天多么绝望
眼睁睁，浮云蔽日，黄沙漫地
而漆黑的夜，至少可以沿着梦的裂隙
找到你们

人活到无心，日子过到破碎
那弥漫在夜空的缕缕气息，是否

都来自你们坟头的青草？

而我爱着的黑夜，夜夜

都在缝补着白天的空茫

2014.1.18

走过了今生，我又会是什么？

吃不完的饭，我还在吃着
粗点，淡点，没有关系

说不出的话，我就忍着
苦点，痛点，忍过也就好了

小狗不言，但伴我十数春秋
如今也老了。老了，还在摇尾巴

小鸟拥有天空
不也回到地上觅食吗？

春天开过的花，现在枯萎了
可是过不了多久，它们还会再开

可我走过了今生
又会是什么？

风还会吹我吗？
太阳还会照我吗？

我还会爱还会恨还会痛还会苦还会
偷偷地流下眼泪吗？

我看不见时光，但看得见
万物在时光中弯曲

2014.1.21

在坟前

让过往的脚步慢下来
让说话的声音轻下来
风雨刚刚停歇
不要惊醒那个睡去的人

昨夜的山火已经烧黑了山梁
今晨的嫩芽却已破土
不要再让人间的闲愁
扰动了草木的生长

远远的人笑、鸟鸣
轻烟已经升起
昨天的婴儿，今天已经跑遍了村子
每一天，他都是陌生的

总有一天，大地的门会突然打开
在那里，我们将久别重逢

2014.2.21

妈妈，辽阔的岁月里我把您跟丢了

妈妈，辽阔的岁月里
我把您跟丢了

如果时光可以倒流
去年的今天，我还在守着您的病体
而恶魔，也在守着您
妈妈，我们似乎没有胜算的可能

如果再往前，前年，或者更久远
我还在为您的唠叨怄气
难道您早就感知了归期？
妈妈，临别前，您绝望的眼睛
须臾不离开我们
您说，您要把我们多看几眼
妈妈，恶魔在和我们争夺着您呀

而我们终于败了
败得一塌糊涂败得片甲不留
在您停下来的地方，时光将我们生生带离
但我们的疼痛之和，也抵不得
您心痛的一半

妈妈，是否真有一个世界收容所有被时光藏起来的
　亲人？
如果有，你们是否又是再次重逢
是否又像多年前一样
在贫穷中健康着在健康中奋斗着在奋斗中快乐着？

而我已经彻底不再相信
不再相信冤冤相报
妈妈，无论人间，无论天上！

2014.1.24

荒草长满了院子

循着逝者的足迹，青草
又一次
占据古老的院子

草丛间，有阳光的积雪
也有，月光的
泪痕

借着一次次返乡
我清除这时间缝隙里
芜杂的记忆
犹如剔除
渗透到骨缝里的
疼

我深知不久
它们会卷土重来
淹没这大理石的阶梯
但我仍然，乐此不疲

人世间，总有一种绝望

让人痴迷

2014.4.2

春天，修补一间房子的漏洞

花儿都已经含苞
阳光，一天比一天炽热
我知道不远的将来，雨水会一次比一次凶猛，一次
　　比一次漫长
赶在雨水到来之前，我要处理好这间房子的漏洞

房屋也有记忆
如果追溯到它的前世
这是我和曾祖父一起睡了十多年的房子
我至今记得他日渐衰老的身体的味道
和弥漫在空气中的水烟令人窒息的味道
这些都在消失
我甚至无法向我的孩子复述
它们的消失，是伴随着我的生命日渐稀薄

但我必须得阻止雨水再次渗漏下去
阻止妈妈也睡过的床单再次被雨水浸湿
赶在院子里的牡丹盛开之前
我要让阳光将床单晒暖
要让花香铺满适宜于腰椎间盘突出病人睡的土炕
唯有这样，我才能迎接妈妈飞累了的灵魂

重新在此歇息

在春天消失之前，这是最有意义的事情了
师傅们，擦把汗继续干吧
我陪着你们，修补一间老房子隐秘的漏洞
就像我用怀念覆盖伤口

2014.4.21

癸巳记事

癸巳夏天，我深陷悲痛与绝望
时时因为想起而落泪
我不去干什么，除了忧伤

而我的邻居一天也没有闲着
他们夫妻二人，在为小儿子修建新房
偶尔，他们会进来安慰我
但都会匆匆离去

我有时会为他们刺耳的敲击声生气
但这有什么用呢？
我要厚葬父母
他们却要迎娶新人

秋天很快就要过去了
我的悲伤似乎正在变得悠长
而他们的新房已经开始装修
满脸污垢的他们每天都深陷幸福的劳作之中

冬天来了，我开始考虑为老房子生火取暖

而邻居的新房已经装备整齐

现在，他们连安慰我的时间也没有了

2014.5.5

"爸，抽支烟吧"

"爸，抽支烟吧"
尽管我不抽烟
但今天的这支烟
就让我替您抽吧

您爱好了一生的烟
因为身体，终于戒了
在您患病的最后日子里
我无数次偷偷看见
您望着香烟搓手、发呆
又叹息着转身离开
我多想上前去
给您说一句"您抽吧！"
但我还是忍住了

我幻想着戒了烟
您的病就会好起来
您就会多陪我们几年
但事实证明，我错了

艰难的日子里

香烟给过您多大的安慰
我并不知晓
我只知道，在您眼中
天大的事，都是一缕轻烟

您打着火，深吸一口
然后仰起头，闭上眼睛的样子
是多么让人迷恋
似乎命运，永远都不会
战胜一个热爱抽烟的男人
可是在您查出绝症的那段日子里
看着头发渐白的儿子
您还是接受了亲人们劝您戒烟的建议

改掉一个坚持了一生的习惯多么不易
可您说："男人活着，不只为了自己。"
您不是戒烟向命运妥协
而是成全儿子有些自欺的孝心

对于一个抽了一生香烟的老人来说
戒烟，到底是延缓了生命的消逝

还是加速？我无法说清。
但即使弥留之际，您还是果决地
拒绝了我为您点燃的香烟……

两年了，野草已经长满了您的坟头
天堂路远，烟起便可抵达。

今天，就让我替您抽上一支吧
让我替您再一次体验成为灰烬的快意和痛楚吧
在这袅娜的死亡之路上
我将眼含泪水，口衔火焰，再一次
将您紧紧拥抱……

2015.3.1

我还能和谁道别

回过头，我还能和谁道别？
椅子空着
床空着

我拢着的火
也已熄灭
寒冷正在每一件家具上生根

门关上了
户外的阳光，也就只能隔着窗子
朝里望上一望
望了，又能怎样？

冷，是持久的
阴郁更是

我在院子里的阳光中停下来
又返身回去
我听见了召唤
却看不见挽留

牡丹花还会再开
灰尘，还会将这熟悉的一切掩埋
月光，还会沿着瓦沟
流下来

流下来，等着残花落尽
荒草漫上阶台

除了檐前蛛网，案上尘埃
谁，还会在这里
把我
日日等待？

2015.3.5

写　纸

孝心百世，周礼三年。
白茫茫的纸上
雪落下来

当我写下"今逢
佳节
封财一包奉申"
时间的柔肠，就又打了一个死结

当我写下"先妣
先考"
笔锋已成刀锋
白纸顿成佛龛

当我写下"府君老大人
慈君老孺人"
前路渐成脊梁
落日已成泪眼

当我写下"不肖……"
人世上的儿子

已经当完
叫娘的嘴巴
已成了万丈的深渊

墨因愧恨成夜
字因思亲溅血
孤零零的八行字
埋下了回不去的故乡
一片苦寒……

2016.2.23

坐　纸

三天
三年
也是余生
多少野草正在生发
多少浮云已经飘散

三天……
……三年
……
白茫茫的人世上
亮着，思亲的孤灯一盏

2016.2.23

烧　纸

这纸，除了思念，空无一物
这思念，我只说给火焰
你看，这火，呼呼的声音像呼唤

这纸，除了寒冷，空无一物
这寒冷，我只说给火焰
你看，这火，多像堆积的雪山忽然塌陷

这纸，除了疼，空无一物
这疼，我只说给火焰
你看，这火，多像打开，又折叠的亲人的脸

我咬着牙，跪在风中
你看，这火焰，呼呼燃烧着
像要把谁的心撕烂

但我忍着，不哭出声来
我忍着疼，忍着冷，忍着思念
忍着火焰，把一张张纸片，撕成黑色的蝴蝶飞上天

2016.5.7

第四辑

我在风中等你

一个女孩，从马路的对面跑了过来

她抬腿跑动，早晨的阳光就显得慌乱
其实，她只是要穿过一条马路，到对面去

她挥动双臂，好像胸口，有两只幸福的小兔子
可她只想到马路的对面去

她加速跑动，马路上的司机就猛踩刹车
生活，在那一刻显得紧张而慌乱

阳光照亮她被风吹起的长发
她的眼里，就掠过一道道幸福的闪电

可她只想到马路的另一边去
她穿过早晨的阳光，也要穿过无数无辜者
突然承受的慌张

二十年转眼就过去了，她似乎一直在向我跑来
可生活，把她，永远留在了那一边

2015.4.30

如果下雪

如果下雪，我就要独自出行
去叩那扇温暖的门

我想着有人脸贴着玻璃朝外张望
想着他低头返身，回到炉火旁不停搓手
我的心里，就暖暖的

而雪花总像一种喋喋不休的阻拦，一种劝慰
我也全然不顾。哪怕它搬来人世间所有冰冷的说辞，
　掩埋道路
哪怕它还要动用道德的刀锋，我依然要前往

当我一个人出现在风雪扑面的尘世上
出现在灯光恍惚的城市街头
啊，那种彻骨的冷，和我内心暗藏的爱一样，让人
　兴奋

2015.11.26

我在风中等你

—

岁月流逝，时光静美
我忍着消失
也忍着等

那一刻遥遥无期
我却心静如水
但风吹着万物

有时，我会侧着头
看看未来
但更多时候
我只在等

我向经过的事物点头
用内心的温柔，应对
岁月无情

啊，时时想起
我都是温暖的

二

无数个路口
对我只有一个
我坚信
风会把你吹过来

行人如织，我都
报以微笑
多么好的人世上
我在风中等你

不用担心走失
也不用担心被裹挟
我只为自己正在老去
有些微的遗憾

这又何妨？
即使老去
我也在风中等你

三

不该有任何理由
是你迟迟不来

我甚至时时整理头发
不让风把它弄乱
我甚至会因为满脸的胡须
而在内心抱歉

不该有任何理由
是你迟迟不来
也不该在你来时
又一塌糊涂

风会笑我
"你这老小孩!"

我也会害羞脸红
也会一次次
把头埋在风中

四

一生总会错过许多美好
唯独不能错过你

假使你并没有认出
那个低头站在风中的人
你也一定会折返
一定会为这个魂不守舍的面孔
偷偷发笑

"噢，你看他被风弄乱的头发
你看他布满胡须的脸
你看他有些茫然的眼神
你看他被风掀起的衣角……"

那一刻，我希望你就这样静静看着
并不唤醒
直到他回过神来

啊，那一刻
他将因为害羞而无地自容

　　　　　五

我终归是一个害羞的人
也会手足无措

我终归也会木讷迟钝
词不达意

岁月并没有改变我
在等来你之前
我还是那坛没有启封的酒

我也有孩子似的天真
和孤决
也有情人间的执着，和昏聩

我形体已老，而心
还是那么年轻
乃至，当我面对
也得把泪水，忍了再忍……

六

我一度纠结，是该握手
还是拥抱

而时间已经过了很久
我还在慌乱中

总是在我们之间
一切都会成为事情
总是有那么多的细节
让见面显得尴尬而荒诞

可我们还是拥抱了

像亲人一样
把几十年的空白
紧紧，抱在了一起……

七

不要用世俗的心
猜测一次会面
也不要用理所当然
推测所有的久别重逢

不会是你们心上想的那样
也不是我心上想的

没有逢场作戏的轻浮
也没有寻花问柳的嗜好
每一次动用
都是真神

让我抱抱你吧
像亲人一样
许多话，都不用说了

八

让我看看你吧
看你眼睛深处
那些正在结集的风暴

让我看看你吧
看你复活在脸颊上的记忆
苏醒在怀抱中的故乡

让我看看你吧
说哪一句话
都显得唐突无比

我捧着你的脸

像捧着一面镜子
一生碎去的
都在你的脸上破镜重圆

九

在爱人之间，时间像个无赖
他总是把短暂说成漫长
而事实，却是不得不说的再见

我吻过你，只是轻轻地
我抚摸过
但至今因为纯洁而神圣

我喜欢"罪爱"的味道
但这不是她的真名
她出身名门内心高贵

为了掩藏难以匹配的孤独

她在用一个恶俗的名字
嘲弄所有的遇见

而我喜欢她
并知道她忧伤的所在

十

又一次，我们轻言了离别
但我的内心
堆满了芳香的花瓣

你来过的地方
香味持久而缠绵
它和孤独一样
让人心碎

我让与你有关的一切
都在静夜里放光

不是刺目的
也不会晃疼万物的眼睛

她静静地
坐在我的念想之中
闪烁淡淡的光
也像孤独

十一

终归，我又要站在风中
去等你

终归，我要像忍受一种疼痛
忍受别离

终归，我不是轻薄的浪子
吻过，又忘记

终归，我爱着的地方
我还会用爱呵护

终归，爱是一种庄严的仪式
分别，也是其中之一

2015.11.10

在冬日西狭的风中

一

满山的草枯了，花朵终成往事
寒冷的风心有不甘
一次次吹向过去

草丛里的叶子已经蜷缩
在爱的路上
即使干枯，也是那么美丽

风一次次吹动
一次次举着她们跑过
啊，这爱的胸针
别在风中

二

道路曲行、迂回
攀上绝壁，又探入谷底

如果不是往事终会留下深深哀怨
这一定是美景
拥抱了人心

可风吹一条无人的山路
像铺开了一条呼唤的红地毯
先是跑动的落叶
后面是，满怀忧凄的过客

三

深入这无人的山谷
不全是为了镌在石壁上的功德
我和枯草一样
总为下一个春天坚持

石头也在消损
也在风雨的侵蚀中碎裂滚落
再一次，枯草搂着顽石
像两个痴情的人，因为柔软而宽广

四

水从岩石上渗出来
如果说这是眼泪
一定是心被触痛

而时间总有一张苍茫的面孔和斑斓的心
没有谁的誓言，不在岩石面前
被风吹散

五

当一个人在石头上刻字
石头会疼吗？

六

人们终究不会在乎石头说过什么
想留住什么

人们只在乎时间还没有带走什么
或者，时间，已经带走了什么

　　　　七

而逝去的繁华，终会卷土重来
花朵会开满山坡

明天的蝴蝶一定不会是昨天的那一只
但这有什么关系呢？
爱是接力，我们握在手里的是痛
递出去的
永远是诱人的甜蜜

　　　　八

而一座无人的山谷，总会让人的内心安静下来
巨大的虚空中，命运神秘的钟摆悬垂着

像这岁末，在行将老去的人心头
狠狠敲了一下

      九

总有一条走廊，紧邻活着
总有一种存在，隐藏在时间的背面
在这空旷的山谷，我听到了训导
也看清了事物的原委，不禁悲从中来

有人总是机关算尽，把自己送上了断头台
有人自视草芥，珍惜光阴
有人以身涉险，自投罗网
有人举着头颅，摸黑过河
啊，天黑下来，在命运的渡口
有人打着红灯笼，在静静等候

十

而寂静的山谷，并不全是死亡的弹唱
生命的欢宴散了，灵魂开始收拾摊场
尽管春光会把它们重新召回：花朵旋上枝头
叶子从枝条的肋巴上长出
雨水攀上了太阳的悬梯，又潜入泥土的暗道

而茎叶的大道上，生命一路欢唱
可此刻，万物都在静默中倾听训导
寒风的刀子不留情面
六道轮回中，万物被打成了泥浆……

十一

前行的路上师从万物：
向一块沿沟滚落的巨石问好，称他为"兄台"
向一枚随水的落叶抱拳，劝她饮下今世未尽的情缘

向一朵流云卜来生
向一株惊雷劈残的老树问往世

万物的心上都有观音
在这寂静的风中，她有万物的面孔

十二

从来处去
还是从去处来？

我希望前行的路上没有尽头
风吹到哪里
我就飘向哪里

2016.1.13

乙未冬日，携友游西狭

一

岁末。这风好像全部来自过去
来自那些让人伤感的记忆
时间在这一天，有了呼啸的感觉

明天会是全新的：充满了希望与期待
我却独自迷恋那过去了的岁月
好像一切爱，都留在了过去

通往西狭的，是一条碎石小路
车轮碾过的沙尘，风会把它吹走
有一些，落在了行人的眼中

沿途的人会回过头来
他们对这逆向的前进心生诧异
"那荒凉的山谷里会有什么呢？"

我也时时受着心的牵引，并不是去寻找
人世茫茫，没有什么是自己的
我也许只是去找一个地方，独自走走

二

冬日的山谷里，满满的都是寂静
风像孤独的扫路人，不时会翻动枯叶
这声响，总会让人想起这里曾经百花繁盛

我独自走着，并不凭吊万物
细看来，衰败和枯落也自有风韵
像人之将老，大气方成

而毕竟这里曾是繁华的道场
四处都有颠鸾倒凤琴瑟和鸣的踪迹
风会像点灯一样，将它们逐一唤醒

唯有孤独是恒久的
有些花，会在枯枝上再开一次
有些叶子，会在水底的淤泥中再绿一次

我不会让风将我吹动，但有小小的漩涡
会在心头散开，像说不出的伤痛也荡漾成了花的形状
我只有将头低下来，到寂寞更深的地方去

三

曾经的栈道，在绝壁上留下了深坑
那些岁月的齿痕
仅供后来者瞻仰

尽管是朝着无人处前行，这仍然是一条
无数人践踏过的道路
它有水泥的台阶和伪装成树枝的栏杆

我无法拒绝一种现状的逼迫
也无法摆脱生活宿命的惯性传送
屈就着。迎合着。顺从着。并深深地厌恶着

我想去那人迹全无的荒野深处
却无法另辟蹊径。我想转过身去
拥抱人世上的真爱，却不得不在人面前伪装起来

像这进山的栈道，爱是一条大路
走到终了，也许只是一座绝壁

四

有一只鸟儿，在水边发呆
它华丽的羽毛让这冬日的溪水更加冷冽
它静静站立着，将心头的鸣叫
一朵朵掐灭

当我静下心来，世界也会抑不住地摇晃
而我心头的歌声，只会顺着绝壁上的冰挂
一粒粒滴下来

吹乱头发的风，也会掩住心头的碎裂之声
像那只站在水边的鸟
我看着她，像看着我的今生
时时陷入巨大的茫然之中……

五

冬日的西狭，还会有什么呢？

有心跳有温度的摩崖被三把锁锁着
远道而来，我只能看到囚禁

一道铁栅栏能延缓时间的流逝吗？
啊，这荒唐的人世，总是以呵护的名义
公然践踏

这多像人心中的道义
在公序良俗的袍袖中
藏着伪善和强从的弯刀

六

而我只是想独自走走
在这岁末的蛮荒和孤独中
在这死亡吹起的风中，我独自走着

没有目的，也没有方向
一切只是听从

一切只是顺应。像风搬运着一枚枯叶

像一枚枯叶，依恋着昔日的枝头
依恋着遍地的衰草
任风，将我再翻动一次

像一枚枯叶，也许心无所求
只是在这巨大的虚无中
再掉落一次

如果，心恍惚了，这西狭
又何尝不是别的山谷呢？

2016.1.13

分手便是永别
——写给丙申春节一对分别的鹅

亲爱的，我们终于可以脱下这厚重的羽绒服了
像脱下人世的龌龊一样，脱下来
还给世界

亲爱的，我们终于可以像水中的星辰一样
在冰冷的内部，发自己的光了
尽管微弱，但那来自我们小小的心脏

亲爱的，我们的世界一直在摇晃
人世的每一次盛宴，对我们来说，都是一次刻骨的
　诀别
这一次，终于轮到我们了

没有什么是遗憾的，亲爱的
我们依偎过，爱过，这就够了
够了！

亲爱的，如果还有什么祈求，我只祈求在人类的餐
　桌上相聚时

让我小小的骨头，再一次，紧紧挨着你，像疼
挨着疼，苦挨着苦；幸福，挨着幸福

2016.2.24

看一次盛大落日，当作是去看你

我不能阻止太阳，渐渐西斜；也不能阻止
它从我的眼前沉落下去

我不能阻止刺眼的光芒，慢慢轻柔下来；也不能阻止
时间渐渐殷红

纵是暮晚，这落日如此盛大！
时间的浪潮缓缓涌来，又缓缓退去

一生的戏演完了，空旷的大地上，涌动的
都是记忆。

我把看一次盛大落日，当作是去看你
纵是暮晚，这落日，如此盛大！

2016.4.1

那是小小的秘密在闪光

河边的柳树发芽了
那是固执的想念被唤醒

河里的水流走了，一波推着一波
那是小小的秘密在闪光

远处的桃花开了
它们的伤心染白了一面山坡

而风相信了传言
经过我时，轻轻抱了一下

2016.4.1

那些飞絮，那些花……

三月多雨，内心深处那些古旧的愁恨，都发了芽

风把杨花弹起，又抛满天空
这些都是凭空多出的烦恼，有毛茸茸的光

暮晚的雨中，满是冰凉的花瓣
在一首旧词的心上

落花一次次坠下来，
溅起小小的水花，和惊叫

而夜半的孤灯
风把她所有的美，都摇醒了

一定是想你了！它们落在哪里，哪里就有轻轻的
　歌声：
杨花用飘扬，落花用飘落

2016.4.16

我爱着你脸上泛起的那一抹羞涩

闺房未启，书生远了：那留在心头的脚印，那漫下
书卷的青草
风，把它们一一吹动

雕花的窗格上，荷花的心摇着
午后寂静的时光，也在摇

低垂的纱帘上，鸳鸯的梦晃着
那比纱还要轻还要薄的痛，也在晃

院子里的阳光，从檐下的花树漫过来，经过你低着
的脸孔时
照亮了那一抹淡淡的羞涩

我爱着这午后漫长的寂静
更爱着，你想起我时，脸上泛起的那一抹羞涩

2016.4.16

渐深渐缓

灯，熄灭，又点亮。这半夜醒来的孤独
像一根瘦到无形的丝弦：风拨，风会响；雨打，雨
　　会碎。

花香，半夜无眠。半夜，她都在花香中，
磨洗一池清浅的月光

这夜漫长。这漫长，散发持久的香。
流水渐深渐缓，像爱着的胸膛

"路遇的是肉体，等来的
才是爱情。"月光下，猫咪经过的路上，也埋设了捕
　　鼠的夹子

一万张面孔藏不住一张。
人群中有爱的误伤，风吹，她会徐徐绽放……

2016.4.16

我的内心有一座花园

严冬过了，积雪消了，等待的路上
蓓蕾次第绽放

春风摇曳，阳光漫漶，枝头悬垂着的
将逐一筛下光芒之香

我有木本之心，爱你老枝横斜，孤朵凌风
我也有草本之意，随你绿野之心，爱及大地的低和
辽阔

纵是乍暖还寒，纵是曲径通幽
我给你的，只是花园一座

啊，我的爱不是一朵，不是迅疾的绽放和陨落
而是徐徐地打开，和呈现

2016.4.20

那一刻，我的心里只有你

我也有过，坐在枝头晃荡的记忆
风把梦吹远了

时光漫散，岁月青葱。如果能留下来，阳光会把金
色的花朵
缀满身前身后的事物

因为幸福，风把我们摇动
因为忧伤，风把我们摇动

多年之后闭上眼睛遥想，记忆的枝条无限下探
啊，那一刻，我的心里只有你，没有远方

2016.4.21

风把春光吹亮，又把天空吹暗

水边的柳树绿了，道路旁的杨树
也绿了。它们藏在心头的柔软，终于看见

飞絮漫天迷人眼。
不仅杨柳，有一颗混乱的心

穿过枝权的阳光有，站在枝头歌唱的鸟儿
也有。一个人的日子，心总是悬着

春风浩荡，春光十里。油菜花，把黄澄澄的烦乱
铺到了天边。那只是别人的天涯

我的烦乱说不出来：风把春光吹亮
又把天空吹暗

2016.4.22

此刻，我爱你

喜爱着每一个和你在一起的日子
被欣喜灌注，又被幸福照亮

喜爱着每一个被快乐悬在枝头的时刻
我依着你的心愿，你随着我的想法

只有爱，是一把剪刀
我允许它，把我铰成你喜欢的样子

为你疼着，也快乐着。任风，不停地
把我，在你的眼前轻轻晃动，晃动……

最美的季节，我把最好给你
纵使离去，我也不说恨。永不！

繁花终会凋落，春天终会远去
但这并不影响，此刻，我爱你

2016.4.29

这一刻，却是十分宁静

阳光穿过树叶，照在我的身上
阳光，带来了树叶的问候。

树枝上有歌唱的鸟儿，阳光
也带来了小鸟的问候。

我站在树荫下，风把树叶轻轻晃动
我内心小小的温暖，也在晃动。

阳光努力让这一切安静下来
但这是多么徒劳！

鸟儿持久而婉转的歌声，一直在头顶闪着光。
树叶，也在闪光。

我享受着它们的闪耀，也享受着
它们此刻，在我心上的停泊。

这看似喧闹的一刻，我的内心
却是十分宁静

2016.4.29

时间必将给出答案（代后记）

诗歌，必然要交给时间来筛选。

面对当下的诗歌写作，我不能断定哪一种书写是正确的、有效的，或者说哪一种书写更能在时间中长久流传。有时候，写诗是一种巨大的惯性，人人都被裹挟，不能幸免。在这种惯性中，貌似"正确"的东西不仅绑架书写，更绑架阅读。只有若干年后，人们还能记起，并反复阅读的那一部分，也许才是最正确、最有效的。

在这个宏阔而浮躁的时代，爱上诗，是一种不幸，也是一种大幸。不幸者，你也许永远都看不到"成功"，看不到你所期许的尊荣。现实给你最多的是一种反讽式的冷幽默，或者更加悲哀的装饰角色。大幸者，如果真爱，它就是一叶小舟，会带你穿越平庸，抵达足够恒久的意义和满足。试想，除了你为一首诗的写成而产生的巨大满足和愉悦之外，还有什么能让你如此痴迷呢？这是时间唯一不能带走的东西。真爱者，自有抵达密境的路径和良方，它高于时间和俗世。

我一路走来，一路不停放弃，唯有对诗痴心不改。年近知天命，始觉一生的写作无疑就是驱遣文字的演出。每一次谋篇布局，都似搭台唱戏，文字的伪饰也是我的伪饰，文字的虚火也是我的虚火，文字沁出的媚俗之气，无疑也是我骨子里剔不去的。浮华逝去，扪心自问，写了这么多，我究竟想要什么？也许我一生也说不清楚。爱到痴迷，书写就成了一种生命的呈现。越是接近真实，敢于落到纸上的就越少。但那些拙劣的脚印成就了今天，在这个意义上，每一次结集文字，不是对未来邀功，而是对过去的致敬和缅怀。

　　《留一座村庄让我们继续相爱》所结集的文字穿插在三年之间，是一种盘桓不去的情愫。它更接近于心灵的低语和倾诉。如果用当下的标准来评判，泛情化和散文化是它最大的"短足"，但是，我一直没有刻意回避。如果写诗是一种驱遣文字的演出，那么，这种演出更加弱化了文字的道具性和说教性，强调了庸常主体的现实性和此在性，这便是平常心写平常事。弥散在这些文字里的是一种挥之不去的

忧伤和绝望，它来自我的心，也来自命运对我的恩
赐。有时候，面对一种心情，启用技巧是可耻的，
可技巧又怎么能回避得了呢？如果有技巧，这个技
巧便是用多维的视角重建一个心灵的家园，让我把
一生的爱，播撒在里面。

　　我仍然无法确定这样的书写是否正确有效，我
只能把它交给时间了。我也祈求时间，留一座诗意
的村庄，让我们继续相爱！

包 苞
2019.1.23